KB038162

DREAMBOOKS

DREAMBOOKS ★

DREAMBOOKS ★

DREAMBOOKS ★

의원강호

기공흑마 신무협 장편소설

ORIENTAL FANTASYSTORY & ADVENTURE

dream
books
드림북스

의원강호 15

초판 1쇄 인쇄 / 2016년 12월 9일
초판 1쇄 발행 / 2016년 12월 19일

지은이 / 기공흑마

발행인 / 오영배
책임편집 / 편집부
펴낸 곳 / (주)삼양출판사 · 드림북스

주소 / 서울시 강북구 도봉로 173
대표 전화 / 02-980-2112 팩스 / 02-983-0660
편집부 전화 / 02-980-2116 팩스 / 02-983-8201
블로그 / blog.naver.com/dreambookss

등록번호 / 제9-00046호
등록일자 / 1999년 3월 11일

ⓒ 기공흑마, 2016

값 8,000원

(주)삼양출판사 · 드림북스의 서면 허락 없이는 어떠한
형태나 수단으로도 이 책의 내용을 이용하지 못합니다.

ISBN 979-11-283-9029-6 (04810) / 979-11-313-0216-3 (세트)

* 지은이와 협의하에 인지는 생략합니다.
* 잘못된 책은 구입한 곳에서 바꾸어 드립니다.

이 도서의 국립중앙도서관 출판시도서목록(CIP)은 서지정보유통지원시스템홈페이지
(http://seoji.nl.go.kr)와 국가자료공동목록시스템(http://www.nl.go.kr/kolisnet)에서
이용하실 수 있습니다. (CIP제어번호: 2016029903)

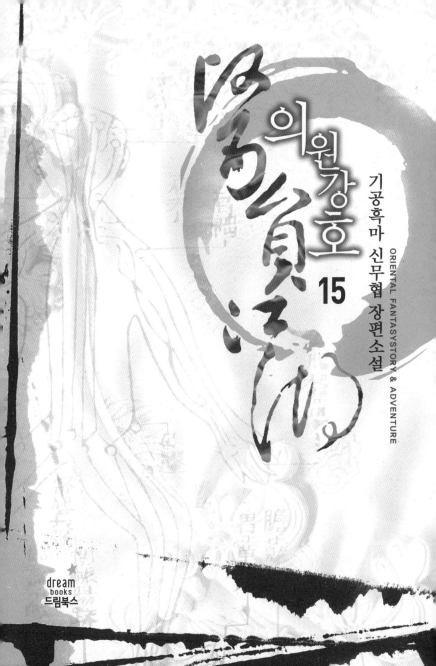

목차

第一章
강시

"캬아아악!"

"캬악!"

쇠를 긁는 듯한 괴음이 여기저기서 흘러나온다.

공동 안이어서 그런지 그 울림이 평소보다 더 심한 감이
있었다.

심기가 약한 자라면 당장 주저앉을 만큼 괴이한 소리였
다.

허나 여기 있는 자들 중에서는 이런 소리에 주저앉을 만큼
담력이 약한 자는 어디에도 없었다.

되레 각자 자신의 애병들을 고쳐 잡을 뿐이었다.

당기재를 제외한 셋 모두가 검을 자신들만의 검법에 맞춰 고쳐 잡는다.

천(天). 하늘을 닮는다는 남궁가의 검을 배운 남궁미는, 누구보다 굳건하게 검을 잡는다.

흔들리지 않겠다는 듯이. 모든 것을 포용하고도 남는 하늘을 흉내 내듯, 유하기보다는 강하게 검을 쥔다.

머리가 좋고 변화가 많다는 제갈가.

그런 제갈가의 직계 중 하나인 제갈소화는 부드럽게 검을 쥔다.

상대에 맞춰서 얼마든지 변화를 할 수 있다는 듯이, 아주 부드럽게.

명학은 딱 그 중간이었다.

유와 강. 변화와 고정. 음과 양.

그런 것들에 대한 따름을 기본으로 하는 무당의 제자답게 유한 듯하면서도 굳건한 기세를 흘린다.

파지법 또한 그들의 딱 중간.

언제고 변화할 수 있으면서도 또 언제고 굳건하게 검을 휘두를 수 있을 방식으로 검을 잡는다.

얼핏 이도 저도 아닌 방식으로 보일 수 있겠지만. 그 고매한 무당에서 배운 검이지 않은가.

무당의 검이 어중간했더라면, 무당의 검수들 자체가 무림의 인정을 받지 못했을 게다.

'재밌군……'

그런 장면을 얼핏 바라보며, 당기재는 품에 있던 암기들을 슬쩍 손에 낀다.

운현이 일행의 기감을 사용하는 방식을 보고 재미를 느꼈듯, 당기재는 일행이 검을 쥐는 법을 보고 또 다른 재미를 느끼고 있었다.

독을 다루면서 동시에 암기를 다루는 당가의 자제이니만큼, 같은 무기를 서로 다른 방식으로 사용하는 것에 흥미를 느끼고 있는 것이다.

하기는 같은 암기라고 하더라도 누가 사용하느냐에 따라 위력도 다르며, 쓰임도 다르곤 하지 않은가.

같은 암기를 쥐어줘도 같게 사용하는 자가 없기도 한 곳이 당가다.

분명 같은 가문의 사람들인데도, 서로가 추구하는 바가 다르며 중시하는 바가 다르기도 했다.

누군가는 독을, 또 누군가는 암기를 중시하기도 하고, 그 사이의 조화를 추구하기도 하는 당가의 사람도 있었다.

그런 가문에서 나온 당기재였으니, 같은 검을 들고 서로 다른 방식으로 사용하려 하는 것에서 재미를 느끼는 것도 당연한 이야기일지도 몰랐다.

물론 당가의 사람이기 이전에, 당기재 그는 무사기도 했다.

그는 당가의 자제로서 일행이 검을 사용하는 방식에 흥미를 느끼면서도, 동시에 무인으로서 눈앞에 있는 강시들의 전력을 헤아려 보는 것도 게을리하지 않았다.

'불리하겠어.'

그가 보기에 여기서 가장 불리한 쪽은 자신이었다.

검으로는 강시를 베어버릴 수도 또 때로는 으깨버릴 수도 있는 터.

만 일은 수련해야 그 묘미를 알 수 있다는 검답게, 사용하기에 따라서 만변(萬變)을 할 수 있는 것이 검이다.

허나 그가 당장 사용해야 할 것은 암기.

'준비가 완벽하지는 않은데 말이지.'

그것도 이미 기묘한 사내를 상대하면서 모든 암기를 사용한 지 오래인 터라, 역병의 치료를 병행하면서 암기 몇을 겨우 준비했던 그로서는 당장 준비가 소홀할 수밖에 없었다.

그런 상태에서 몇 개 없는 암기로 강시들을 맞이해야 했으니!

제대로 된 준비도 안 된 상태에서 강시들을 상대한다는 것은 당장 그가 가장 불리할 수밖에는 없었다.

그럼에도 그는 물러서지 않았다.

먼저 간다 외친 명학의 뒤를 가장 먼저 따르는 건 당기재였다.

후아악.

순식간에 기를 끌어 올리고, 명학의 바로 옆자리에 도달한다.

"하앗!"

샤악.

예리하디예리한 검으로, 가장 먼저 강시를 베기 시작하는 명학.

평상시 성실한 명학의 성격을 반영하듯 잘 관리를 받은 검은, 바로 첫 번째 베기에서부터 그 날카로움을 잘도 보여줬다.

언제 일으켰는지 모를 검기가 맺혀 있는 검은 강시를 잘도 베고 들어갔다.

투웅.

오른팔이 그대로 잘려서 날아가 버린다.

이어서 계속해서 휘둘러지는 검.

만변을 가졌다는 검에 검기를 두르고 계속 휘둘러대니 강시가 버틸 재간이 없었다.

"캬아악!"

괴성을 내지르면서 덤벼들지만 그뿐.

오른팔에 이어서 왼팔. 다시 왼팔에 이어서 가슴을 그대로 갈라 버리는 명학!

거침없는 그의 손속에 강시가 당해내지 못하고 무너져 내린다.

"캬아아악!"

몸이 반 토막 났음에도 괴성을 내지르며 달려드는 꼴이 흉하기 그지없지만 그걸로도 충분했다.

아무리 강시라도 몸이 반 토막이 나고서도 제 위력을 보일 수는 없는 법이었다.

'역시. 대단하군.'

여유가 좀만 있었더라면 옆에 있는 당기재가 칭찬을 했을 만큼 멋들어진 한 장면이었다.

명학 특유의 성격상 말은 하지 않았지만, 그 사이 실력이 꽤나 늘어난 것이 분명했다.

당기재나 다른 일행들이 치료제를 만드는 동안, 도울 것이 없어 수련에 열중을 하더니 분명 또 발전을 했다.

운현도 운현이지만, 명학 또한 어지간한 후기지수들 못지않은 실력임은 확실했다.

거기에다 운현이 몇 번이고 쥐어줬던 영약까지 흡수를 했으니!

호랑이가 등에 날개를 달고 강시들을 몰아세우는 격과 같았다.

순식간에 몇 마리의 강시들이 양팔이 날아가고, 가슴어림이 반으로 찢어짐으로서 완전히 전투능력을 상실해 버린다.

'이쪽도 질 수는 없지.'

명학이 펼쳐낸 일종의 검무. 그 모습에 한껏 고무된 당기재도 호승심이 절로 일어났다.

감히 이 상황에 명학과 대련을 벌이자고 말하는 미친 짓은 안 할지라도, 명학만큼이나 많은 강시들을 상대하고자 하는 호승심 정도는 바로 들었다.

한 발 늦기는 했어도 어차피 얼마 차이는 없었다.

고오오오.

그가 당가 특유의 기운을 불러일으킨다.

푸르스름한 듯하면서도, 녹색의 빛을 띠는 기운. 당가 특유의 독기의 기운이 그의 손을 타고 흘러내린다.

치이이익.

독기 그 자체가 독이라도 되는 듯. 땅으로 흘러내린 그의 독기가 흩뿌려지자마자 땅을 녹이고서는 그제서야 사라진다.

무림인들이 겉으로는 경시(輕視)하는 듯하나 속으로는 경외(敬畏)를 하기도 하는 독공의 위력이 독기 그 자체에서 진하게 드러나고 있었다.

그걸 아는지 모르는지.

"캬아아악!"

고통과 함께 겁도 모르는 강시가 그대로 달려든다.

'한 수.'

샤아악.

암기를 날리는 것이 특기인 당기재. 하지만 가까이서 암기를 활용하는 방법을 전혀 모르는 것은 아니었다.

검기와는 다르게 독기를 암기에 흩뿌리듯 뿌린다.

그리함과 동시에 미친 듯이 휘둘러지는 당기재의 암기!

"캬아아악!"

달려든 강시가 그대로 녹아들기 시작한다.

마치 강한 산성 액체에 고기 한 조각을 흩뿌려 넣은 것처럼.

아니 어쩌면 그보다도 빠르게, 햇볕에 녹아버리는 얕게 쌓인 눈처럼!

당기재의 손이 휘둘러질 때마다 강시의 몸이 녹아내리기 시작한다.

눈덩이만 남은 얼굴이 녹아내리고, 드러나는 뼈조차도 녹아내리기 시작한다. 그 만들기 힘들다는 화골산과도 같은 위력!

'좋군…….'

운현에게 온갖 괴롭힘(?)을 당하면서도, 그의 옆에서 있던 보람을 그제서야 느끼는 당기재였다.

처음 기묘한 사내를 만나고, 복면인들을 상대할 때보다 훨씬 나아졌다.

그때 강시를 상대할 때보다도 훨씬!

그의 독기가 강해져 있었다.

새로운 독을 흡수해서 독기를 강화한 게 아니었다. 어지간한 경지에 이른 당기재로서는 독 하나를 새로이 얻었다고 해서 당장 강해질 만큼 얕은 경지에 있지도 않았다.

'깨달음이지…… 작은 깨달음.'

운현의 옆에 있으면서 배운 바가 있어서였다.

그가 기를 사용하는 방식. 약초를 강화하는 방식. 새로운 약을 제조하는 방식. 이동식의 제조실까지.

그 모든 것이 당기재에게는 새롭기만 했다.

암기를 제조하다 보니 여러 명장들이 있는 당가이고, 독을 주특기로 하다 보니 약초꾼들이 잔뜩 있고 의학도 나름의 경지에 올라 있는 자들이 한참 많은 당가의 자제인 그로서도!

도무지 상상도 하지 못하는 것들을 운현은 마치 당연하다는 듯이 하고 다녔다. 새로운 것을 사용해 댔다.

또한 가르침을 줬다. 그것도 아끼지 않고!

그 모든 것이 밑바탕이 됐다. 다른 무엇도 아닌 그의 발전에 있어 말 그대로 뼈와 살이 되었다.

운현이 사용하는 기감의 방식을 얼핏 따라 함으로써 독기를 더욱 세밀하게 느낄 수 있게 됐다.

운현이 만드는 약초의 제작 방식을 봄으로써, 독기를 더욱 강하게 쌓을 수 있게 됐다.

운현이 제작하는 약의 방식을 보고서, 독기를 사용하는데 있어 여러 가지 방식을 생각했다.

만류귀종이라는 말이 있지 않던가!

'아직 감히 극에 도달했다고 말은 하지 못하지만……'

운현의 방식을 보면서 의술과 독이 그리 멀지 않은 곳에 있다는 걸 깨달았다.

그걸 보게 됨으로써 깨닫는 바가 많았다. 그리고 그 깨달음들은 전부 그의 새로운 무공의 경지로 녹아들어 갔으니!

처음 사천에서 출발을 하던 당기재와,

"캬아아아악!"

강시를 상대로 일수 일수를 날려대면서, 강시를 녹이고 있는 당기재는 확실히 다른 사람이라 할 수 있을 정도였다.

괄목상대(刮目相對). 그 이상.

그런 새로운 경지를 향해서 당기재는 날아오르듯 올라가고 있을 뿐이었다.

지금은 단지 그에게 있어 작은 시험대일 뿐이었다.

새로운 경지. 머리로만 생각했던 독기의 활용. 깊어가는 무공의 깊이. 그런 많은 것들을 실제로 사용할 수 있는 시험대가 바로 공동이었다.

그리고 이 공동에 수없이 많은 수를 채우며,

"캬아아악!"

"키익……."

쇳소리를 내고 있는 강시들은 단지, 그에게 좋은 실습용 도구일 따름이었다.

운현에게서 배운 그 모든 것들을.

"하아앗!"

독으로써, 해석을 해낸 당기재가 열심히 독수(毒手)를 날려대기 시작한다.

일보(一步)에 하나.

쓰러트리고. 전투불능을 만들고. 팔을 하나 찢다 못해 녹여내 버리는 당기재.

지금 이 순간의 그는 당가에서 말하는 독인의 경지라 칭하기에 한 점 부족함이 없어 보이는 모습이었다.

"하아앗!"

그런 대단한 일을 하는 주제에도 당기재는 표정 하나 바뀌지 않았다.

'아직. 아직은 모자라다.'

단지 자신의 부족함만을 계속해서 탓할 뿐이었다.

옆에 있는 운현. 그 운현이 중년과 벌이는 전투가 계속해서 눈에 들어오기 때문이리라.

—캬아아악!

달려드는 강시에게 날리는 당기재의 일수. 그 일수에 담긴 독력에 내포된 거력은 분명 대단하지만.

"노오옴!"

"……."

괴성을 내지르면서 달려드는 중년 사내의 일수가 더욱 강했다.

저 강력한 일수가 자신에게 휘둘러지는 걸 상상만 해도.

'아찔하군.'

당기재로서는 감히 쉽게 막아낼 수 있다고 장담을 할 수 없었다.

당가에 있던 시절. 사천 바닥이 좁다 하고 돌아다니던 우물 안 개구리 시절이라면 막을 수 있다는 착각이라도 했겠지만!

지금은 그때의 우물 안 개구리인 당기재가 아니었다.

시야는 확장되었고, 경지는 올라갔으며 덕분에 전보다 많은 것을 알 수 있기에 그는 더더욱 장담을 하지 못했다.

저 중년의 일수는.

'어지간한 장로급······.'

사천에서 제일가는 당가의 장로들이 날리는 일수에 못지않다 할 수 있었다.

아니 어쩌면 그 이상이 될지도 몰랐다.

날리는 일수는 간단하나, 그 안에 담긴 기운은 괴이했다.

그 괴이함으로 말미암아 어떤 파괴력을 만들어낼지 당기재로서는 감히 감이 잡히지 않을 정도였다.

기운이란 게 그러했다.

무림인들이 당가의 독기라는 것 자체를 두려워하듯이, 특이한 기운은 기운 그 자체만으로도 강한 공격력을 내포하지 않는가.

그런데 저 기운은 안 그래도 별의별 기운이 섞인, 기묘한 기운이었다.

처음에는 몰랐지만 운현이 중년의 사내와 일수, 일수의 공방을 벌일수록 기운이 더 잘 읽혀졌다.

기묘하고 괴이했다.

그런 기운이 과연 정상적으로 작용을 할 리가 있겠는가.

무림인들이 독기를 두려워하고, 독기 자체가 가진 공격력이 어마어마하듯.

'저치의 공력도 분명 그렇겠지.'

저 중년 사내의 주먹에 담긴 괴이한 기운 또한 온갖 부정적인 것들을 일으킬 것이다.

어떤 작용을 통해서인지는 몰라도 저 광기 어린 강시들을 다루는 기운이지 않은가.

그런 기운이 만들어 내는 것이 정상적인 것일 리가 없었다.

콰아앙!

또한.

'저걸 상대하는 게…… 더 대단하지.'

그런 괴이한 기운이 담긴 일수, 일수를 막고 버티고 때로는.

"크읏……."

"……."

압도해 내는 운현은 더욱 대단함을 당기재는 충분히 알았다.

오로지 침묵.

평상시에 일행에게 많은 가르침을 주기 위해서 다정하게 말을 건네던 운현의 모습은 지금 어디에도 찾아볼 수도 없었다.

그 어떤 말도 꺼내지 않았다.

다만 침묵할 뿐. 그러면서도 중년 사내가 날린 일수의 거력 하나 하나를 막아낸다.

호흡 하나 흐트러트리지를 않는다.

그저 막아낼 뿐이다. 때로는 피해내면서도 슬쩍 검을 비틀어 휘두른다.

쉬익!

"……합!"

변칙적인 검술에 운현을 몰아세우기만 하던 중년의 사내도 당황스러워한다.

타앙—!

외공을 익힌 듯 강한 육체.

그 미친 방어력으로 말미암아,

'저걸 막아낸다라.'

운현이 쏘아낸 검을 막아내는 되지도 않는 재주까지 부린다.

하지만 분명 멀리서 당기재가 보기에도 중년의 사내에게 타격은 들어갔다.

무엇이든 벨 수 있고, 쪼개버릴 수 있다는 검강을 상대로 버티는 것이 대단하기는 하지만, 아무런 타격도 없을 수는 없었던 게다.

외공에, 괴이한 기운이 담긴 내공까지 이용해서 검강을 막는다고 해도 거기까지가 한계.

중년에게는 분명 타격이 들어갔다.

그렇게 운현은 한 수, 한 수를 차분하게 날리면서 조금씩 대결에서 유리함을 가져갔다.

"망할 놈!"

겉으로 보기에 중년은 쉼 없이 손을 휘두르고, 운현은 슬쩍슬쩍 검을 날릴 뿐.

표면적으로는 운현이 한없이 불리해 보이지만 그 속내는, 대결의 흐름을 읽어가는 당기재가 보기에도.

'……신의가 유리하다.'

차분히 검을 막아내고 있는 신의가 분명 유리해져 가고 있었다.

흐름이 조금씩이지만 넘어오고 있었다.

이대로만 흘러간다면 신의인 운현이 대결에서 이길 것은 누가 보아도 알 만했다.

'더 신경 쓸 필요가 있나.'

분명 대단한 대결.

일수 일수에 담겨 있는 현묘한 수에 배울 것이 많기는 했지만, 당장은 그 대결에 더 집중을 하고 있을 새가 없었다.

신의인 운현이 중년을 압도하고 있는 걸 봤다는 것.

그것만으로도 충분하지 않은가.

'우리는 우리의 할 일을 할 뿐이지.'

운현이 중년을 맡아 상대를 하고 있는 동안 자신들은.

"캬아아악!"

"캬악!"

눈앞의 강시들을 상대하면 될 뿐이다.

'걱정할 것은 없다.'

내외공의 괴이한 조화로 검강을 막아내는 중년이 신경 쓰이기는 하지만, 운현이 잘해내고 있으니 그뿐.

화아아악.

안 그래도 녹색으로 물들었던 당기재의 손이 더욱 짙어지기 시작한다.

이제는 더 운현에게 신경을 쓰지 않고, 자신의 앞에 주어진 강시들을 처리하겠다는 의지를 그대로 반영하는 모습이었다.

효과는 바로 드러났다.

스아악.

일수에 강시의 목을 검으로 베듯 베어버린다.

—캬아아악!

괴성만이 공동 내부를 가득 채우다가 사라진다.

제대로 먹혀들어 갔는지.

"캬아……."

강시는 몸만 버둥거릴 뿐. 그대로 행동불능이 된다.

그에 만족하지 않았다.

이미 쓰러진 강시에는 시선조차 주지 않았다.

다만 다른 상대를 찾아갈 뿐.

찾았다. 다리는 적을 향해서 움직인다.

그가 익힌 보법이 최선의 움직임을 만들어낸다. 단순히 빠르게 움직이는 것이 아니었다. 그래서야 삼류의 보법밖에 되지 않았다.

"캬아아악!"

자신이 가는 길을 방해하는 강시들의 움직임을 되레 역으로 방해한다.

최선의 이동 경로를 만들어낸다.

목표로 한 강시의 앞에 순식간에 도달할 수 있게 해 준다.

단순히 보법만으로 적을 방해하고 공격의 이점을 가져가게 하는 장면은 신묘하기 그지없었다.

삼류의 보법이 아닌, 감히 넓은 무림에서도 일류라 칭할 만한 보법의 움직임이었다.

그 보법의 움직임으로 말미암아 목표한 강시의 앞에 도달하는 당기재.

뒤를 이어 그의 손이 다시금 바삐 움직이기 시작한다.

'지금!'

본능적으로 때를 읽어낸다.

어려서부터 누구보다 단련된 시야는 적시에 공격할 순간

을 찾아낸다.

독기를 줄기줄기 머금은 그의 독수가 거리를 순식간에 거리를 좁힌다!

푸욱—

그대로 심장에 일수를 박아 넣는다. 심장 자체가 녹아버린다.

제아무리 강시라도 하더라도 심장이 녹아 버리고서는 움직일 수가 없었다.

뛰지도 않는 심장.

살아 있던 인간일 때나 중요해야 할 심장이건만, 특이하게도 강시는 심장이 녹아들면 그 움직임이 잦아들 때가 있었다.

마치 지금은 제 움직임을 못하는 심장이라고 하더라도, 생전에나마 피를 돌게 하던 심장마저 사라지면 되살아난 자신의 목숨도 사그라든다는 듯이.

석고가 굳어지듯 그대로 굳어지다 못해서 무너져내려 버린다.

'역시 괴이하다.'

살아 있는 사체가 움직이게 만드는 것도 괴이하지만, 그 존재가 사그라들 때조차도 괴이했다.

하나 그게 무슨 상관이랴.

"하아앗!"

일수에 독기를 더하면서, 강시 하나라도 더 물리는 것이 더욱 중요할 뿐 아니겠는가.

第二章
당황스러운 상황

다른 일행도 당기재의 마음이 무엇인지를 알았다.

이미 오래전부터 손발을 맞추기 시작하는 그녀들.

처음에는 앙숙이나 다름이 없었건만, 눈치라곤 단 일 점도 없는 운현과 함께하면서, 서로를 이해하게 된 둘.

남궁미와 제갈소화는 자신들이 가진 각각의 장점을 극대화할 줄을 알았다.

서로가 상황을 가늠한다.

"좌에 하나."

"이쪽은 우에 둘."

좌와 우를 서로가 집중적으로 살핀다.

제갈소화는 왼쪽을, 남궁미는 오른쪽을. 작은 차이지만, 집중을 하느냐 하지 못하느냐의 차이는 컸다.

그 집중된 상태에서, 제갈소화는 순식간에 계산을 끝낸다.

"바로 가죠! 좌부터!"

끄덕.

별다른 말도 하지 않았건만, 바로 알아들었다는 듯 남궁미는 고개를 끄덕일 뿐이었다.

제갈소화가 용케 그녀의 끄덕임을 보고는.

'바로 움직인다.'

일 보 먼저 움직이기 시작한다.

그녀가 말한 대로.

"캬아아악!"

좌측의 강시를 노린다.

일검에 거력으로.

그동안 강시를 여러 번 상대해 본 그녀 아닌가. 그녀는 자신의 경험을 제대로 살릴 줄을 알았다.

화아아악—

운현만큼은 아니더라도 환한 빛을 뿜어내는 검기를 만들어낸다.

검사가 줄기줄기 내뿜어지는 약간은 불완전한 검기였다.

완전하게 만들어진 검기에 비해서 검사가 줄기줄기 내뿜

어지는 검기는 아무래도 완전한 검기에 비해서 부족하다고 칭해진다.

하치만 이조차도 그녀로서는 일부러 만들어 낸 불완전함이었다.

'검사 자체로도 공능이 있다.'

완전한 검기가 어마어마한 절삭력을 선사해 준다면, 검사는 검기보다는 부족한 절삭력을 갖췄다고 하더라도 그 불완전함에서 나오는 비틀림이라는 게 있다.

예상 밖의 움직임을 만들어 낼 수 있다는 거다.

또한 그 예상 밖의 움직임을 잘만 이용해 낸다면.

"캬하……."

줄기줄기 흩어져 움직이고 있는 검사가 스쳐 지나가는 것만으로도 강시의 목을 그대로 쨀 수가 있었다.

그 움직임은 그대로 이어져 갔다.

검사 줄기줄기 강시 목의 성대를 찢어내고, 피부를 갉아낸다.

검사가 튈 때마다 강시의 고목과 같은 가죽들이 쪼그라들기 시작한다. 강시의 움직임에 제한이 생기게 된다.

고통을 모르는 게 강시라지만, 온몸의 가죽이 뭉그러지고서도 움직이기는 힘들었다.

그들에게 극한의 방어력을 주는 가죽이 쪼그라드니, 움직임이 제한될 수밖에 없게 되는 것이다.

검기 이하의 공격력은 무시하게 해주는 어마어마한 방어력을 갖춘 거죽, 그 거죽을 쪼그라들게 함으로써 역으로 자신이 이용하고 있는 제갈소화였다!

"캬아악!"

거죽이 쪼그라들었다고 하더라도 공격성까지 쪼그라든 것은 아니다.

흉포한 본능대로 달려들려고 하지만. 쪼그라든 거죽이 강시의 행동 범위를 줄이고 있었다.

'효과적이야.'

처음 이 방법을 생각해내고 사용하는 제갈소화로서는 만족스러운 광경!

상대의 힘을 역으로 이용하는 건, 역시 머리를 이용해서 전투를 벌이는 제갈가의 자제다운 모습이었다.

'여유가 있을 때 봐둬야 해.'

새롭게 먹혀든 방법이다.

굳이 검기까지 가지 않고도 검사로도 강시를 상대할 수 있는 방식을 찾아낸 것이나 마찬가지다.

이 새로운 방법의 효용성이 과연 어디까지 작용할지를 제갈소화가 살펴보려 하는 것도 당연하다면 당연한 이야기였다.

'얼마나 더 많은 강시를 상대해야 할지 몰라.'

이참에 강시의 거죽을 쪼그라트려서 자신의 방법이 얼마나 효율성이 있는지를 보기 위해서라도.

"캬아아아! 캬아!"

쪼그라든 몸을 가지고도 미친 듯이 손을 휘두르며 제갈소화를 할퀴려 하는 강시를 가만둔다.

그리곤 그 옆의 다른 강시를 슬쩍 상대하기 시작한다.

고오—

이번에는 그녀의 검에 검사가 아닌 검기가 줄기줄기 맺히기 시작한다.

완벽한 검기였다.

방금 전 사용했던 검사가 맺힌 불완전한 검기.

그것은 그녀가 단지 일부러 사용을 했을 뿐, 그녀의 경지가 다른 일행과 마찬가지로 이미 절정에 가까이 들어섰음을 보여주는 검기가 잘도 검에 맺혀져 있었다.

그녀의 빛나는 이지만큼이나 검기가 맺혀져 있는 검도 환하게 빛이 난다.

"캬아악!"

스악.

눈앞의 강시를 베어 버린다.

먼저 손목을 베어 버린다. 손목에 있는 근육을 슬쩍 끊어

버린다.

전부 다 끊을 필요도 없었다. 연결고리를 끊어버리는 것만으로도 충분했다.

아무리 우격다짐으로 덤벼드는 강시라지만, 근육은 중요했다.

강시가 되면서 완전히 쪼그라들어버린 근육이라지만, 있는 것과 없는 것은 달랐다.

안 그래도 경직돼 있던 몸이 더욱 경직된다.

손목 다음에는 팔뚝. 다시 어깨. 가슴의 근육을 찢어내고, 회 치듯 가슴의 피부를 도려낸다. 그리고서 드러나는 심장에.

푸우욱—

그대로 검을 내리 찌른다.

순식간에 일어난 일이었다. 빠르고 효과적이었다.

분명 제갈가는 쾌검보다는 환검을 더욱 잘 쓰는 자가 많은데, 방금 제갈소화가 사용했던 검은 쾌검의 극치를 보는 듯했다.

그 누구보다 많은 경험을 쌓은 도살자. 인간의 육체에 대한 이해도가 높은 이나 겨우 사용할 만한 묘기였다.

효과는 분명했다.

"캬아아악!"

괴성을 내지르고, 광기를 흘리며, 미친 듯이 내달리기만 하던 강시의 눈에 깃들었던 광기가 점멸되듯 사라진다.

움직임이 멎어버린다. 남은 모든 근육이 완전히 경직된다. 그대로 부스러지듯 땅으로 푸욱 꺼진다.

한 마리의 강시가 목숨을 아니, 움직임을 잃어버린다.

당기재처럼 일수에 모든 걸 처리하는 건 아니다.

하지만 집요한 면이 있는 공격이었다. 완벽한 연환계였다. 그것도 철저한 계산하에서만 해낼 수 있는 연환계.

가만 있는 허수아비도 아니고, 광기를 잔뜩 흘리면서 기기묘묘한 움직임을 보이는 강시를 상대하는 일이다. 그 와중에 움직임을 역으로 계산해 내고 검을 휘두르는 그 모습이란!

확실히 보통의 무인들로서는 결단코 할 수 없는 그런 일이었다.

그런 대단한 일을 한 주제에도 그녀의 표정은 여전했다.

그 상태 그대로 그녀는.

'지켜본다.'

검사에 의해서 온몸이 줄기줄기 쪼그라들어 있는 강시에 시선을 더욱 줄 뿐이었다.

흉포한 강시를 상대로 실험을 하는 것이 위험할 수도 있기는 하지만!

나중에라도 또 다른 강시를 상대할 때를 대비해서 실험을 하고 있는 것이다.

전장 속에서의 실험이라니!

무림인치고 무공보다는 머리를 더욱 주로 사용하는 제갈가의 자제라지만 괴이한 짓이긴 했다.

그래도 그 실험은 분명 효과가 있었다.

"캬아아! 캬아!"

그래도 그 흉성이 어디로 가는 건 아니었던가?

아니면 거죽이 쪼그라들었다고 하더라도, 다른 것만 남아 있으면 된다고 여기기라도 한 걸까.

부우욱—

강시가 자신의 힘으로 쪼그라든 몸의 거죽을 찢어버렸다.

"캬아악!"

분명 의도한 것은 아니었다.

미친 듯한 광기. 그 광기를 이기지 못하고 제갈소화를 향해서 손을 휘두르려니, 자연스레 거죽이 버티지 못하고 찢어진 거였다.

그러고 드러난 광경.

안 그래도 온몸이 쪼그라들어서는, 어떤 주술적인 힘으로 움직이는 강시의 거죽이 찢어지고 드러난 광경이란!

"……읏."

어지간한 일은 다 경험했다고 자부하는 제갈소화로서도

견디기 힘든 잔인한 장면이었다. 인간이라면 드는 혐오감이 자연스레 생겨난다.

하지만 그 혐오감을 이겨내는 것도 금방이었다.

이 정도쯤의 혐오감에 검을 놓을 만큼, 그녀의 경험은 일천하지 않았다.

놀랄지언정, 그 놀람으로 인해 방심을 만들어낼 만큼 어리숙하지 않았다.

그런 짓은 강호의 초출, 자기 잘난 줄만 알고 이제 막 검을 휘두르기 시작하는 명가 자제들이나 하는 짓이다.

그녀는 비록 명가의 자제일지언정, 어지간히 굴러먹은 낭인들보다도 더 많은 경험을 했다 할 만했다.

적어도 운현과 함께 있음으로써, 어지간한 자들보다는 나았다

그렇기에 그 혐오스러움을 이겨내고는. 바로 계산을 해냈다.

'검사를 이용한 공격은 분명 효과가 있어.'

검사를 이용해서 강시의 거죽을 쪼그라트리는 게 어느 정도의 효과가 있는지를 가늠해 냈다.

거죽을 쪼그라트리는 것만으로도 일차적으로 강시의 몸은 더욱 경직된다.

광기로 인해서, 자신의 거죽을 찢어서까지 강시가 달려들

기는 하지만!

'금강불괴에 가까운 방어력은 사라지지.'

가죽을 찢는 건 결국 강시 최대의 무기라 할 수 있는 방어력을 자신의 손으로 찢어버리는 격이었다.

강시가 왜 무서운가.

그 미친 방어력 덕분이다.

몸놀림은 삼류의 고수만도 못한 경우도 많으며, 움직임에 현묘함이 없는데도 강시가 무서운 이유는 역시 하나.

검기와 같은 구체화된 기운을 사용하는 경지에 있는 무림인의 공격이 아니고서야, 어지간한 도검에는 상처도 생기지 않기 때문!

아무리 이류, 일류의 고수가 강시보다 현묘한 움직임을 보일 수 있다고 하더라도, 강시의 방어력을 뚫을 수가 없었다.

그러니 강시가 무서운 거였다.

일류쯤 되면 불완전하나마 검사를 사용하기는 하지만!

'그걸로 강시의 몸을 뚫을 수 있다고는 생각도 안 했지.'

고정관념이란 게 있었다.

다름 아닌 무림인들에게 있는 고정관념.

강시를 상대하려면, 강시의 몸을 일순간에 멈춰야만 한다는 고정관념!

그 무서운 고정관념이 문제였다.

강시를 상대하려면 검기와 같은 것으로 한 번에 강시를 꿰뚫어서 강시의 움직임을 멈춰야 한다고만 생각을 했을 뿐이었다.

그렇기 때문에 강시를 상대하려면 불완전하나마 검기를 사용할 줄 알아야 한다는 불문율 같은 게 있었다.

'하지만 아냐.'

허나 이번 실험으로 확실해졌다.

굳이 검기의 경지에 다다라야만 강시를 상대할 수 있는 게 아니었다.

검기 이전의 단계. 검기로 뭉치기 이전에 만들어진 검사.

그걸로도 충분했다.

그 검사를 이용해서 강시의 가죽을 쪼그라트리면 될 뿐이었다.

강시의 가죽을 역이용해서 강시의 방어력을 무력화시키는 것만으로도 강시의 전력을 급감시킬 수 있었다.

검사로 거죽을 쪼그라트리고, 광기를 못 이겨서 강시가 알아서 온몸의 거죽을 찢어내면,

그 거죽 아래로 드러난 곳에.

푸우욱―

"캬오……."

검을 박아 넣으면 될 뿐이었다.

강시의 가죽이 무서운 것이지, 가죽 아래에 드러난 강시의 내부마저도 강시의 가죽처럼 단단하지는 않았으니까!

그 두터운, 기묘한 처리가 된 가죽이 없어지는 것만으로도 강시의 전력은 급감한다!

'좋아!'

대단한 성과였다.

이것만으로도 꽤나 새로운 강시의 상대법이 만들어진 것이나 다름이 없었다.

별거 아닌 듯 보이지만 큰 차이였다.

완벽한 검기를 만들어 내려면 적어도 절정에는 다다라야 했다. 불완전하게나마 사용하려면 일류의 끄트머리는 돼야 했다.

이런 경지에 있는 자가 어디 많은가.

그럴 리가!

괜히 절정 고수의 숫자로 무림 방파의 전력을 측정하는 것이 아니다.

절정의 고수는 흔하지 않다. 흔하지 않기에 무림에서도 쳐주는 것이다.

그 이상의 경지는 분명 있기는 하지만, 절정에서부터 진정한 고수라 칭하는 것은 그들의 희귀성과 그 강한 전력 덕분!

역으로 생각하면 그렇기에 다들 강시를 두려워하는 거였

다.

절정 이하는 강시를 상대하는 것이 불가능하다고 생각하는 무서운 정설이 있었으니까. 고정관념이라는 게 있었으니까.

하지만 지금 제갈소화가 사용한 방식대로라면?

완전한 검기가 아닌, 검기 이전의 단계 검사를 사용하는 것만으로도 강시를 상대할 수 있게 된다.

아직은 부족한 점이 많지만, 조금만 잘 다듬고 체계적으로 바꾼다면 분명 가능해진다.

'그것만으로도 성과는 충분해.'

물론 절정 이전에 검기를 사용하는 자들도 많지 않은 건 제갈소화도 안다.

하지만 검기 이전의, 검사의 경지로도 강시를 상대할 수 있다는 게 중요했다.

무림에는 검기를 사용하는 자보다는 불완전하나마 검사라도 만들 수 있는 자들의 수가 훨씬 많으니까!

게다가 이런 식으로.

'무공의 경지가 낮아도 강시를 상대하는 방식을 연구하다 보면 돼.'

새로운 방식을 점차 개발을 하게 된다면, 좀 더 효율적으로 강시를 상대할 수 있게 될 거다.

좀 더 낮은 경지임에도 강시를 죽일 수 있게 될 거다.

그러다 보면 강시는 더는 무섭지 않은 존재가 될 수도 있다.

미지의 존재이며 동시에 상대하기 힘든 강시가 무서울 뿐이지, 쉽게 공략할 수 있는 강시는 더 무서울 것도 없었다.

고로 이런 방법을 찾아낸다는 것만으로도, 강시를 만들어 내는 의문의 조직에게 타격을 줄 수 있는 거나 다름이 없었다.

'무림에 퍼트려야겠어.'

과연 제갈소화답달까?

제갈가의 자제인 그녀다웠다.

머리를 사용해서 현재 상대하고 있는 강시를 상대하는 방법을 만들고.

그 강시를 공략하는 방식을 퍼트림으로써, 강시를 사용하는 조직에 타격을 줄 최적의 방법을 순식간에 생각해 낸다.

그리 긴 시간을 소모해서 생각해 낸 것도 아니었다.

모두가 이 공동 안에서.

"캬아아악!"

계속해서 달려드는 강시를 상대하는 그 짧은 시간 안에 이뤄지고 있는 일이었다.

강시의 공략법을 새로 생각해 내고, 사용하고, 실험하며,

동시에 그 활용법까지 생각해 내고 있는 그녀였다.

그러면서도.

푸우우욱— 푸욱—

쉴 새 없이 검을 놀리면서, 강시를 상대해 나아간다.

쉼 없이 계속. 강시를 죽여 나간다.

생각지도 못한 일을 하면서도, 자신의 몫은 정확히 하고 있는 것이다.

어지간히 쉬운 일도 한 번에 두 가지를 하는 게 어려운데, 전투를 벌이면서 그러고 있으니 대단하달까.

'그래도 모자라.'

그러면서도 그녀는 자만을 하기보다는 되레 부족하다 생각하고 있었다.

옆에서 손을 휘두르고 있는 운현 때문.

당기재와 같은 이유랄까.

워낙에 운현이 이것저것 대단한 일을 해낸 것을 본 덕분에, 자신의 일을 별거 아닌 듯 생각하는 그녀였다.

어쨌거나 그녀가 활동하는 그 순간에도.

"……하나."

차아악—

"둘."

콰즉!

충실하게 강시를 베어가는 존재가 또 하나 있었다. 남궁미였다.

제갈소화와 손발을 맞추는 남궁미 아니었던가.

제갈소화가 딱히 설명을 하지 않았음에도 불구하고, 그녀의 반대편에서 잘도 손발을 맞춰주고 있었다.

제갈소화의 전투를 방해할 만한 강시가 있으면 그대로 처리하는 건 기본.

'……천(天)을 담아야 해.'

검에 하늘을 담는다는 남궁가의 자제답게, 천벌을 내리듯 아예 강시를 조각조각 내고 있었다.

여리여리한 몸을 가졌음에도 불구하고, 어마어마한 괴력을 내고 있었다.

그녀의 검에 걸려드는 강시들은.

"캬아아악!"

애써 반항을 해 보지만. 그뿐.

도무지 여인의 몸으로 휘두른다고 하지 못할 만큼, 어마어마한 괴력을 내포한 검이 그대로 강시를 조각조각 냈다.

'……효과가 있어.'

이 모든 건 그동안 그녀가 해 왔던 여러 노력 덕분.

억지를 부려서라도 했던 운현과의 대련. 여러 가지 이유로 얻었던 영약들. 틈날 때마다 이어가던 끊임없는 수련.

그런 것들로 말미암아 성장을 해 나간 그녀였다.

콰즉. 콰즈즈즉.

"캬오오오!"

강시를 쪼개버리는 검.

그 하나하나에 깃든 것은 모두가 그녀의 노력 덕분이지, 공짜로 얻어진 것은 단 하나도 없었다.

명가의 자식으로 태어났을지언정, 그 노력은 어지간한 낭인들 이상으로 해 왔던 그녀의 노력이 이제서야 빛이 나고 있는 것뿐이었다.

그걸 가만 바라보고 있는 명학으로서는.

"……."

입은 꼭 다물고 있지만, 한 가지 생각이 들 수밖에 없었다.

'괴물들이야.'

자신의 동생인 운현도 괴물이지만, 다른 일행들도 그가 보기에는 전부 괴물들이었다.

항상 운현보다 부족하다는 듯 행동을 하고 있지만, 지금 보이는 전투만 하더라도 그렇지 않은가.

"캬악!"

강시들은 광기까지 일으키면서 달려드는데, 그걸로 밀리는 자는 일행 중 단 하나도 없었다.

불과 얼마 전.

반쯤은 우연, 또 반쯤은 인연으로 말미암아 추격을 당하던 일행을 구해 줬던 명학이 아닌가.

그때만 하더라도, 당기재, 남궁미, 제갈소화 셋 모두 지금처럼 강한 느낌은 없었다. 그런데 지금은 아녔다.

'……적어도 나 이상.'

무당 내부에서 무당을 대표하는 후기지수의 반열에 올려 줘야 하는 거 아니냐는 말이 나오는 명학이었다.

우연찮게 얻은 가르침으로 말미암아 성장을 더 한 후로는, 자기 능력에 자신까지 생겼던 명학이었다.

덕분에 성실하기만 하던 그가 없던 여유도 생겼었다. 자신이 이룩한 것이 있으니, 자연스레 생기는 여유였다.

그런데 지금 보아하니.

'우물 안 개구리였어.'

여기서 누구 하나 자신보다 부족한 자가 없었다.

모두가 계속해서 성장하고 있었다. 조금이나마 부족하면, 절차탁마(切磋琢磨)하며 앞으로 나아가고 있었다.

그 모든 것은.

"어디까지 하나 보자!"

"……."

차분하게 중년을 상대하고 있는 운현의 덕분이라는 걸 명학은 그 누구보다 잘 알았다.

무공이 강해진다고 해도 운현이 있지 않은가.

그들이 달려갈 때 운현은 날 듯이 강해지고 있었다.

그런 운현의 옆에 있으니 자연스레 강해질 수밖에 없었다.

'……그럴 수밖에 없지.'

운현을 보면서 부족함을 더 절감하는데, 수련을 하지 않고 배기겠는가.

눈으로 안 본다면 모를까, 바로 앞에 노력하고 강해져 가고 있는 운현이 있는데 노력을 안 할 수가 있겠는가.

괴물의 옆에 있다 보면, 아니 같이 뛰다 보면 자연스레 괴물이 되는 것은 너무도 당연한 이야기일지도 몰랐다.

그것뿐이었다.

그 덕분으로 일행도, 그리고 명학 자신도.

'해 볼까.'

고오오오!

더 높은 경지로 올라가게 됐을 뿐이다.

그리고 지금은. 그 경지를 펼쳐낼 때일 뿐이었다.

"캬아아아!"

명학이 달려들고 있는 강시를 향해서 검을 세운다. 아주 곧게. 앞에 있는 모든 것을 쪼갤 듯이!

第三章
의뭉수

존재 자체로 일행을 자극하는 운현.

누가 보아도 중년 사내를 상대로 잘해 나가고 있는 운현
이었다.

'무너지고 있다.'

검기도 막아내고, 검강을 상대로도 금강불괴라도 되는 듯
버텨내는 중년.

"노오옴!"

검강을 몇 번 막아내면서 그 기묘한 복장이 흐트러진 지
오래인 중년이 미친 듯이 발악을 하고는 있었다.

손을 휘두르고, 장력을 뿜어내기도 하면서, 덩치에 어울리지도 않게 빠르게 보법을 펼쳐 짓쳐들기도 한다.

하지만 그뿐.

다른 이는 몰라도 가장 가까이 중년을 상대하고 있는 운현은 알 수 있었다.

'점차 기운이 줄고 있다.'

상대를 하고 있는 중년의 기운이 급격하게 줄어들어 가고 있었다.

스아악.

빈틈을 노린 운현의 검강이 그의 몸에 작렬할 때면.

"크으……."

작은 신음과 함께 그의 몸에 맺혀 있는 괴이한 기운들이 급격하게 빠져나가는 게 기감으로 느껴질 정도였다.

처음에는 검기도 막는 능력에 당황을 했지만 이제는 아니다.

대체 어떤 무공을 익혀 가진 방어력이 어마어마한 건지는 몰라도, 그만큼 기운의 소모도가 높았다!

안 그래도 갈수록 힘이 떨어지지 않는가.

운현으로서는.

"이노옴!"

"놈 소리는 그만하지? 듣다 보니 질릴 정도인데."

"어린놈이!"

없던 여유가 생기기 시작할 정도였다.

그럴 만도 하지 않은가.

상대는 힘이 빠지고 있고, 자신은 기운을 그리 소모하지도 않은 상태였다.

검강을 사용하고 있다고는 하지만, 자신이 가진 내공 자체가 어마어마했다.

영약으로 억지로 경지를 끌어 올린 것은 물론이고, 깨달음까지 계속해서 더해진 자신 아니었나.

거기에 강한 기감으로 아주 효율적으로 검강을 형성하고 있었다.

내공의 양도 많은데 효율적으로 검강을 만들기까지 하니, 검강을 유지한다고 해도 힘이 퍽퍽 떨어져 나갈 리가 없었다.

하루 종일까지는 과장이라도, 이번 전투는 하고도 힘이 남을 정도로 검강을 유지할 수 있는 운현이었다.

그렇기에 그가 세울 수 있는 작전은 간단했다.

'차륜전을 펼치면 된다.'

힘을 조금씩 소모시키는 차륜전.

그걸 이용하면 된다고 봤다.

어차피 상대의 괴이할 만큼 강한 방어력도 내공을 전부 사용하면 급격하게 떨어질 것은 너무도 당연한 이야기였다.

그때가 되면 제압도 쉬워질 터!

저 괴이한 중년으로부터 물을 것은 많았으니, 계속해서 차륜전으로 몰다가 끝을 내면 될 뿐이었다.

상대가 힘이 빠지길 기다렸다가 제압만 하면 됐다.

'쉽다.'

너무도 오랜만에 쉬움을 느꼈다.

지금까지의 추격을 위한 단서를 얻기까지가 어려웠지, 막상 추격을 하고 보니 너무 쉬워진 느낌이었다.

저기 멀찍이서 기절한 채인 동창의 무사, 아니 이제는 첩자가 된 자와 함께 이 중년을 심문만 한다면!

그 둘로부터 얻을 것은 분명 많아 보였다.

그런데. 역시 세상은 뜻대로 돌아가지만은 않는 법인가?

"……훗."

점차 얼굴에 패색이 드러나기 시작하던 중년이.

타앗.

급작스럽게 뒤로 물러선다.

"음?"

오직 전진일변도.

죽는 그날까지도 물러날 줄을 모를 것 같았던 중년이 그리한 건 꽤 의외의 일이었다.

운현으로서도 전혀 예상하지 못한지라, 그를 따라잡기보다는 순간적으로 멈춰 섰을 정도였다.

'무슨 수를?'

운현의 머리에 순간적으로 많은 생각들이 스쳐 지나간다.

갑작스러운 상황이니 그럴 법도 했다.

'필사의 수?'

그건 아녔다. 필사의 수를 사용하는 거치고는 중년의 기운이 불완전했다. 억지로 끌어올리는 느낌도 아니었다.

기운이 너무 적었다.

그렇다면.

'도망인가?'

삼십육계 줄행랑이라도 칠 건가 하고 봤지만, 입구는 운현의 뒤에 있었다.

중년이 지금처럼 물러나 봐야 입구에서 더 멀어지기만 할 뿐이었다. 도망을 치려면 오히려 몸을 짓쳐들어 왔어야 했다.

아니면 미친 듯이 공격을 날려서 운현에게서 틈을 만들려고 애라도 써야 함이 맞았다.

그런데도 물러났다.

너무도 예상치도 못한 상황인지라, 대응을 하기 애매했다.

'대체 무슨.'

운현은 계속 생각을 하면서도, 바로 따라붙기 시작했다. 중년이 뭔가를 하기 이전에 그걸 막기 위해서였다.

지난번 상대했던 그 괴노인처럼, 마지막에 자폭해서 폭발이라도 일으키면 그건 그거대로 문제였다.

'그래선 안 되지.'

이 안은 공동. 여기서 폭발이라도 일어나면 그때는 정말 위험했다.

지난번이야 운이 좋아서 살아났다지만, 지금 폭발이 일어난다면 정말 일행 중 두셋은 죽을지도 모를 일이었다.

재수가 없으면 모두가 어이없게 죽을 수도 있었다.

하지만 운현이 생각하던 폭발은 일어나지 않았다.

그 대신.

"네놈이 어디까지 웃을 수 있는가 보자!"

다른 일을 벌였다.

* * *

상상치도 못한 일이 벌어졌다.

중년 사내는 검에 베여가면서 온몸이 헐벗은 상태나 다름없게 됐음에도 부끄러움이 전혀 없는 듯했다.

남궁미와 제갈소화가 있는 곳을 향해서 순식간에 거리를 좁혀 갔다. 여인들이 있는데도 전혀 상관없다는 듯이!

강시들과 일행이 있는 곳을 향해서 도착하는 것은 순간이었다.

운현으로서도 뒤를 쫓기는 했지만, 중년 사내가 너무 거침이 없었다.

'뒤라도 치려고 하는 건가.'

운현에게 밀리니 동귀어진을 위해서 일행 중 하나라도 공격하려고 하는 건가?

제갈소화, 아니면 남궁미?

당기재나 명학과는 거리가 멀었기에 뒤를 친다면 둘 중 하나가 분명했다.

대체 어디일까.

운현으로서는 공동에 들어와서 가장 긴장되는 순간이었다.

둘 중 누가 당하든, 자신의 바로 앞에서 여인들이 당하는 걸 볼 생각은 전혀 없었다.

'어디냐!'

어느 한쪽도 선택하지 못한 채로, 운현은 남궁미와 제갈소화가 있는 그 중간으로 몸을 날래게 날렸다.

다행일까?

"조심!"

눈치가 빠른 남궁미가 상황을 빠르게 읽었다. 파계승이 온 것을 빠르게 눈치챈 것이다.

"······음."

뒤늦었긴 하지만 제갈소화 또한 눈치를 챘다.

눈치채는 것은 늦었지만, 그래도 행동은 빨랐다.

"캬아아악!"

달려드는 강시에게 재빠르게 검을 한 번 날려놓고서는, 거리를 벌렸다. 뒤로. 순식간에 그녀의 몸이 밀려난다.

'빼야 해.'

남궁미 또한 마찬가지였다.

제갈소화가 몸을 뺀 곳의 반대편으로 몸을 뺐다.

달려드는 강시를 피하면서, 동시에 중년인으로부터 거리를 벌리는 데 성공했다.

'다행!'

어느 쪽도 선택하지 못한 운현으로서는 다행이라고 생각할 만한 상황.

그녀들이 눈치를 챈 덕에 상황은 좋아졌다. 아무리 그가 미친 척 그녀들에게 달려든다고 해도 거리가 벌어졌다.

이 정도라면 무슨 일이 생기든 간에 운현이 반응을 할 수 있는 거리였다. 좋았다.

헌데.

"······흐흐."

중년인은 그녀들을 무시했다.

그녀들은 전혀 안중에도 없는 태도였다. 되레 그녀들이 사라져서 귀찮은 장애물이 사라졌다는 듯 즐겁다는 표정을 지을 뿐이었다.

무서울 속도로 쏘아진 주제에, 그녀들은 무시했다.

처음부터 목적은 그게 아니었던 듯하다. 노림수가 전혀 예상치 못한 곳에서 나왔다.

"클클."

경공을 펼친 탓에 힘이 쏙 빠져서는, 가래 끓는 소리를 내는 주제에.

'대체.'

그의 표정은 환희로 가득 차 있었다.

그래도 운현이라고 가만 있었던 것은 아니다.

'거의 다 닿았다.'

이 장. 일 장 반. 일 장.

거의 다 닿았다. 일 장이라고 하면 검을 휘두르며 도달해도 되는 거리였다. 손을 쫙 뻗기만 했다. 나머지는 빛나는 검강이 둘러싼 검이 모두 해결해 줄 참이었다.

'정 안 되면……'

일도양단(一刀兩斷)을 해 버린다.

적의 노림수가 공동의 폭발이라든가, 자폭이라면 곤란했다. 그렇다면 차라리 사로잡는 걸 포기해서라도 베어버릴 참이었다.

정보를 얻을 수야 없겠지만, 일행을 잃는 것보다는 나았다.

그런데.

"클······."

중년인이 양손을 땅 아래로 축 늘어뜨린다. 그리곤 공명하듯, 기운을 끌어올리자마자.

'기운이!?'

기운이 요동치기 시작했다.

공동의 안이든 밖이든, 설사 진의 안이라고 하더라도 기운이란 건 인위적으로 비틀지 않는 한 언제나 고요한 것이 당연했다.

그런데 지금은?!

다른 어떤 기운과 중년인의 기운이 미친 듯 공명하고 있었다. 그 공명이 짙어질수록 그의 표정은 점차 기괴해져 갔다.

환희, 기쁨, 즐거움. 그리고 고통.

기쁨과 고통이라니. 몇몇 가지 감정이 점철된 그 표정은 분명 정상은 아니었다.

또한 그 뒤에 일어난 일 또한 정상은 아니었다.

"웃······."

갑작스런 기운의 소용돌이에 운현이 물러난다.

공명된 기운이 어마어마했다. 공명하던 기운의 파동이 뱀의 요사스러운 움직임처럼, 운현의 뒤를 따라오다가 이내 멈춘다.

보이지 않는 상황이었지만, 운현은 기감으로 그걸 확실히 느꼈다.

'미친……'

그리고 이어지는 광경.

공동 내부에 있던 죽음의 기운들. 강시에 맺혀서 강시를 움직이게 하던 매개체인 죽음의 기운들이 중년인을 향해서 쏘아져 나왔다.

이미 죽은 강시조차도 마찬가지였다.

그녀들이 베었던 강시들도, 당기재의 일수에 녹아들었던 강시들에서도 그 기운들이 빨려 나왔다.

전부가 아닌 비록 일부였다지만. 이곳 공동에 있는 강시들의 수가 어디 한둘이던가. 물경 수십이다.

그 기운들의 일부라도 빨아들인 중년은.

"클…… 아해야, 놀랐느냐?"

이미 자신이 다 이긴 싸움이라도 된다는 듯 흉측한 외모로 미소를 짓고 있었다.

그럴 만도 했다. 그의 기운은 분명히 심상치 않았다.

운현이 상대했던 처음보다도 더 강해진 느낌이기도 했다.

아직까지도 기운이 요동치듯 꿀렁이는 것이 불완전하기 그지없기는 했다.

중년인의 몸 이곳저곳에서도 기운을 미처 제대로 흡수하지 못한 부작용이라도 한 듯 몸 자체가 때로 비틀거리기도 했다.

기묘한 광경이었다.

허나 운현은 그 기묘한 광경보다도 다른 것에 주목을 하고 있었다.

'……흡성대법인 건가.'

그로서는 생각도 못 했던 일이었다.

흡성대법이라니.

다른 자들의 기운을 빨아들여, 자신의 것으로 한다는 무시무시한 무공이자, 전설적인 마두들이나 사용한다는 그 무공을 사용하지 않았던가.

전전대. 그때도 흡마라는 마두가 나왔었지만, 그가 더 성장키 전에 무림에서 공적으로 지목해서 죽인 것으로 알고 있었다.

그게 운현이 아는 흡성대법의 마지막이었다.

또한.

'항상 흡성대법이 나오곤 하면 혈겁이 일어났지.'

대체 어디의 무공인지, 누가 만들었는지도 모를 이 무공은 잊을 만하면 모습을 드러냈다. 그리곤 이 무공이 드러나면 기다렸다는 듯 혈겁이 일어나곤 했다.

때로는 무림에서. 또 때로는 흡성대법을 익힌답시고 양민 들을 학살하면서 시작된 학살은 항상 혈겁으로 이어졌다.

'일종의 신호탄……'

꼭 흡성대법을 익힌 자가 혈겁을 일으킨 것만도 아니었다.

설사 흡성대법을 익힌 자를 빠르게 처리한다고 하더라도 혈겁은 일어났다.

흡성대법에 대한 탐욕으로 일어나기도 했으며, 그게 아니 더라도 다른 어떤 일이 꼭 일어나곤 했다.

어차피 지금의 시국이 중원 전체로 봐도 정상이 아니긴 했 다.

역병의 문제. 사파의 문제. 강시. 암중조직. 일은 많아도 너무 많았다.

그렇다 해도 흡성대법이라니!

상상도 못 했던 일이었다. 여기서 혈겁이 또 일어난다고 한다면? 아니 어쩌면 혈겁의 전조를 보여주는 거라면?

상상만 해도 끔찍했다.

애써 운현이 고개를 휘휘 저어 본다.

'……아니. 아닐 수도 있다.'

부정을 해 본다.

기운을 흡수하는 거긴 하지만, 그가 흡수한 기운은 강시에 맺혀 있는 죽음의 기운뿐이었다.

흡성대법이 아니라, 강시를 만드는 비법에 강시의 기운을 흡수하는 비법이 따로 있었던 것일지도 몰랐다.

중년인은 강시를 만드는 제작자이고, 그렇다 보니 강시에 부여한 기운을 다시 흡수한 것일 수도 있는 거였다.

말도 안 되는 가설일 수 있지만.

'차라리 흡성대법이 등장하는 것보다는 낫지.'

그쪽이 나았다.

이성으로야 흡성대법. 그게 아니더라도 흡성대법의 한 갈래 정도는 되지 않을까 생각이 들기는 했지만 그래도 애써 부정을 해 본다.

그리고 아니길 빌며.

"후······."

다시 자세를 잡아 본다.

자신의 생각이 맞기를 빌면서 확인을 해야 했다. 중년인을 죽이기보다 살려야 할 이유가 늘었다. 알아내야 할 것이 많았다. 그렇기에 운현은 검에 남은 전력을 싣기 시작했다. 더욱 진지하게. 이차전을 준비해 갔다.

때마침.

"클클……."

요사스러운 기운에 둘러싸여 있던 중년인의 몸에 완전히 기운이 흡수가 됐다. 남아 있던 기운마저도 모두.

온몸이 비틀리던 것도 사라졌다.

중년이 도망치고, 기운을 흡수하고, 정리를 하기까지 실상 들어간 시간은 촌각이었다.

그 시간 사이 기운을 수습하는 데 성공한 듯한, 중년인을 향해서 운현의 몸이 순식간에 쏘아져 들어간다.

화아악.

검이 휘둘러진다. 아주 빠르게.

여기까지는 아까 전과 같았다.

허나 전력을 다하기로 한 운현. 지금까지는 상대의 사정을 많이 봐주던 운현이 진심으로 마음을 먹은 건 아까와는 분명 달랐다.

휘둘러진 운현의 검이 변화하기 시작했다.

마치 검에 하늘을 담겠다고 하는 남궁가의 검과 비슷했다.

실제로 그걸 바라보는 남궁미로서도.

'……어떻게?'

운현이 사용하는 검을 보고서 놀랄 정도로 닮아 있었다.

위에서 아래로 내리쳐지는 검은 분명 남궁가의 그것과 닮았다.

'말도 안 돼.'

그 위력은 남궁미의 것 이상인 듯했다.

콰아아앙!

어마어마한 폭음이 일어난다. 검강에, 남궁가의 묘리와 닮은 듯한 그 검은 분명 대단한 위력을 냈다.

둘만의 부딪침만으로도 충격에 의한 기파가 주변에 휘몰아쳤을 정도였다.

본격적으로 움직이기 시작한 운현은 과연 대단했다.

"……클. 제대로구나."

다만 상대가 좋지 못했다.

강시들의 기운을 흡수한 중년은 그 검강을 맞고도 아까보다는 멀쩡해 보였다. 무지막지한 기운으로 버텨낸 느낌이었다.

"……."

대꾸라도 할 법하건만 운현은 여전히 침묵할 뿐이었다.

'이 묘리로는 안 되나. 그렇다면야.'

대신 중년인의 웃음에 검으로 답했다.

남궁미의 그것과 비슷했던 운현의 검이 변화하기 시작한다. 아예 여러 개로 나뉘어 보이기 시작한다.

아까는 남궁가의 중검과 비슷했다면, 이번에는 변화무쌍한 환검이었다.

중검에서 바로 환검이라니.

너무도 반대되는 속성의 검술이지 않은가. 그런 검술을 운현은 잘도 펼쳤다. 표정 하나 변하지 않고서.

대신에 표정이 변한 자는 따로 있었다.

"……말도 안 돼!"

그 주인공은 제갈소화였다.

또한 안 그래도 크게 뜨여져 있던 남궁미의 눈도 더욱 크게 뜨여진다.

기사가 일어나고 있었다.

흡성대법이 등장했다는 것보다도 더욱 놀라운 기사(奇事)가!

'어떻게!'

중검에서 환검으로 바꾸는 것?

불가능하지는 않다. 모두 검을 들고 하는 일일 뿐인데, 불가능한 게 이상하지 않겠는가.

다만 힘들다.

얕게 흉내를 내는 것조차도 힘든 일이다.

검의 성격을 괜히 나누는 것이 아니다.

단순한 휘두름이라고 하더라도 중검과 환검은 너무도 다르기에 나누는 것이다. 다른 것들도 마찬가지였다.

극한의 속도를 끌어 올린다 하는 쾌검도 마찬가지였다.

그런데 운현은.

쒜에에엑!

소리보다도 더 빠르게 검날을 날렸다. 무지막지한 쾌검이었다!

태산과 같은 묵직함을 가졌다 하는 중검. 사람을 홀린다 하는 환검. 그 뒤에 이어서 쾌검으로 능수능란하게 바꿀 줄이야!

상상도 할 수 없는 수였다.

고수들 간의 싸움은 수 싸움이 모든 걸 좌우한다고 하지만, 정도라는 게 있는 법이었다. 흉내 내는 수준이 아니라, 이 정도 깊이의 검들을 단번에 바꿔가면서 쓴다는 것. 그건 그 누가 봐도 놀라운 한 수였다.

그런 한 수를 사용했기에.

"크읏…… 망할."

중년도 피할 수가 없었다.

강시로부터 얻어낸 어마어마한 진기를 북돋아 중검을 막았고.

자신을 홀릴 듯 다가오는 환검들은, 같은 수로 대응을 해가면서 막았지만!

갑작스럽게 노리고 들어오는 변화. 극한의 쾌검까지는 아무리 중년이 강시들의 기운을 흡수했다고 하더라도 무리가 있었다.

그대로 한 방을 허용할 수밖에 없었다.

그때부터가 시작이었다.

'한 번이 어려운 법이지.'

중년이 두 번째. 세 번째 일격을 허용하기 시작한다.

처음이 어려울 뿐. 한번 뚫려버린 방어로 집요하게 노리고 들어오는 운현의 검을 막기란 불가능했다.

"노오옴!"

그나마 어마어마한 진기를 흡수한 덕분으로 버티기는 하지만, 누가 봐도 패색이 짙어 보였다.

승기는 확실히 운현에게로 건너가고 있었다.

"이따위 것! 쿳……."

어마어마한 쾌검인가 하면, 어느새인가 중검으로 바뀌어서 중년을 압박한다.

자신도 똑같이 속도를 더했던 중년으로서는, 중검의 짓누르는 무거움을 이겨낼 길이 없었다.

이미 거기서 또 피해를 본다.

스악—

이어져서 날아드는 검.

"또냐!"

또다시 쾌검인가 했더니, 이번에는 환검이었다.

순식간에 여럿으로 나뉜 운현의 모든 검들은 전부 중년의 급소들을 노리고 있었다.

모두를 막아야 했다. 막지 못하면.

'꿰뚫린다.'

기세가 좋던 중년으로서도 당황스러울 만큼 집요한 환검이었다.

타아앙. 타앙. 탕.

운현이 날린 환검과 중년의 일수가 하나씩 부딪친다.

환검인데도, 운현의 진기가 실려서인지 검 하나하나에 맺혀 있는 힘은 어마어마했다. 그걸 용케도 중년은 막아냈다.

누가 봐도 대단했다.

하지만. 중년이 알까? 운현이 날린 환검. 그 환검 중에 하나는 변환되었다는 것을.

구우웅!

환검에 중검의 묘리를 몰래 심어 놓은 운현이었다.

"크아아악."

그 한 수가 필사의 한 수였다.

가위바위보를 하듯. 쾌중환을 바꿔가면서 날리던 운현이 섞어 넣은 한 수.

중검과 환검의 조화.

그 일검에 중년의 방어가 완전히 무너진다. 더는 막을 수 없다는 듯 한쪽 무릎이 굽혀진다.

"크으……."

눈에 핏발을 세워가면서 어떻게든 버티려고 하지만, 허튼 발악일 뿐이었다.

쿠웅.

결국 남은 무릎마저도 무너져 내린다. 완전히 무릎을 꿇는다.

촤아악.

어느샌가 운현이 날린 검은 중년의 목에 다다라 있었다.

그가 동원할 수 있는 모든 수. 금강불괴와도 같은 외공에, 괴이한 내공. 또한 강시들까지도 전부 사용을 하고도 중년은 무너져 내렸다.

"죽여라!"

그가 외쳐 본다.

자신을 죽이라고. 하지만 그만큼 허무한 외침이 또 있으랴.

운현은 그를 죽일 생각이 없었다.

"……."

화아악.

순간적으로 중년이 자신의 목을 움직인다. 운현의 검에 자신의 목을 더 들이민다. 그대로 베여서 죽겠다는 의지가 보였다.

하지만 이미 숱한 경험을 해 보았던 운현이다.

이 정도는 예상하고도 남았다.

"어딜!"

순간적으로 뒤로 검을 빼는 운현이었다. 중년의 자살 시도는 허무하게 날아갔다.

운현은 그 헛된 몸부림이 끝나자마자 바로 움직였다.

투욱. 툭.

순식간에 혈도를 찍어내린다.

'제대로 해야 한다.'

중년이 어떤 수를 쓸지 몰랐다. 그렇기에 마혈을 짚고도, 또 다른 마혈을 여러 번 더 짚어 누름으로써 아주 확실히 더는 움직이지 못하게 혈도를 봉한다.

그제서야.

"후우……."

제대로 한 건을 해냈다는 듯 깊은숨을 내쉬는 운현이었다.

"……."

그 모습을 일행은 홀린 듯이 바라보고 있었다. 다들 아무런 말도 하지 못하는 채였다.

第四章
의문(疑問)

　중년을 잡아냈다.

　강시들과 함께 있던 중년이다. 거기다 동창의 무사도 함께 잡혀 있었다. 동창의 무사를 따라온 공간에 중년이 있었을 뿐이다.

　분명 파계승 복장을 하고 있던 중년은 덤으로 얻은 성과나 마찬가지였다.

　이번 역병의 원인.

　아니 정확히는 역병을 퍼트렸을 자들에 관해서는 작은 파편과 같은 흔적이라도 찾아내야 하는 상황이었다.

　그런 상황에서 중년을 잡아냈다는 것. 그것도 생포를 해

냈다는 것은 꽤나 대단한 성과였다.

하지만 일행 중 그 누구도 이번 성과에 집중을 하는 자가 없었다.

모두 홀린 듯이 운현만을 바라보고 있을 뿐이었다.

가장 먼저 물은 건 당기재였다.

"그거 어떻게 한 겁니까?"

뒤를 이어서 다른 이들도 묻기 시작했다.

"남궁가의 검은 언제 익힌 거죠?"

"아니. 제갈가의 검은요?"

제갈소화와 남궁미도 뭔가 걸리는 바가 있었는지, 운현이 대답을 하기도 전부터 재촉하듯 물어온다.

"……하."

그 모습을 명학은 질렸다는 듯 바라보고 있을 뿐이었다.

물론 그가 질렸다는 듯 바라보는 쪽은 운현이었다.

'대체 어떻게 가능한 건지…….'

그로서는 말을 하지 않았어도, 일행과 같은 심정이었다.

제갈소화, 남궁미, 당기재. 모두 다른 사람이며, 서로 다른 환경에서 자라왔지만 지금 이 순간만큼은 일심(一心)으로 통한다고 감히 말할 수 있을 정도였다.

이건 도무지 말이 안 되는 상황이었으니까!

'쾌. 중. 환이라…….'

검을 괜히 나누겠는가.

쾌검의 고수는 쾌검의 고수라 하는 이유가 있는 거다.

쾌검의 고수라 해서 쾌검만 사용하는 건 아니었다. 때로 중검이나 환검을 '흉내' 내기도 한다.

굳이 흉내라 표현함은 쾌검의 고수가 쾌검을 사용하는 수준만큼 중검이나 환검을 사용할 수는 없기 때문이다.

당연한 이야기였다.

한 가지 분야를 통달하기도 힘든 게 사람 아닌가.

검 하나만 놓고 봐도 그랬다. 아니 깊이 통달을 해야 하는 검이기에 더욱 그러할지도 몰랐다. 쾌검이란 걸 깊이 파고든 자가, 환검을 사용하기 힘든 건 당연한 일이었다.

그렇다고 그런 자가 아예 없지는 않았다.

쾌, 중, 환이든 뭐든 검 그 자체에 통달하는 자가 시대마다 나오기는 나왔다. 그리고 그들 모두는.

'검신……이라고들 불렸지.'

검을 통달했다 하여 신검이니, 검신이니 하며 당대의 대단한 고수로 손꼽히곤 했다.

고로 여러 검을 사용할 줄 안다는 건. 한 사람에게 신(神)이라는 이름을 붙여줄 정도로 대단한 일이라 이 말이다.

그런데 운현은 그런 짓을 해 버렸다.

단순히 흉내 내는 정도면 또 모르겠다.

본래 운현이 익힌 검법은 가문의 검법이며 동시에 무당의 검법이 발달되어 나온 검법이었다.

무당의 검이라 해서 쾌, 중, 환의 검법이 전혀 없는 건 아니지만 보통은 무당의 검술을 유검이라고 칭하는 자들이 많았다.

느리면서도 빠르며, 강맹하면서도 부드러운 그런 검술이 바로 무당의 것이었다.

태극의 묘리를 집어넣고, 오행을 심어 넣은 조화로운 검법이기도 했다.

그런데 운현은 그런 검술은 사용하지도 않았다.

오로지 쾌검, 중검, 환검을 사용함으로써 중년을 굴복시키는 데 성공했다. 완벽하게.

그건 감히 '흉내'의 수준으로 할 수 있는 일이 아니었다.

쾌, 중, 환을 제대로 이해해야만 할 수 있는 수준이었다. 그런 걸 잘도 해놓은 주제에 운현의 표정은 평온했다.

마치 자신이 뭐 대단한 것을 했느냐는 그런 표정이었다.

"그동안의 경험이 있지 않습니까? 단순히 흉내를 냈을 뿐이지요."

그래 놓고는 한다는 대답이 '흉내'를 냈다는 것이었다.

그걸 과연 흉내라고 할 수 있을까?

"……"

다들 말은 하지 않았지만, 질렸다는 표정을 지을 수밖에 없었다.

'흉내가…….'

'그런 수준이라니.'

"허허……."

특히 당기재를 제외한 셋의 표정이 제일 어두워졌다.

하늘을 담은 검. 하늘을 닮은 그 무거움으로 상대를 짓누르는 검법을 익힌 남궁미.

그녀의 검보다도 운현이 사용한 중검이 더욱 무거웠다.

그녀도 자신을 남궁가의 최고수로 여기지는 않지만, 그녀의 나이 아직 약관(弱冠) 가까이에 머무르고 있음에도 벌써 절정이다.

어지간한 자들보다 나은 수준이었다. 또한 그녀는 평생 남궁가의 검법만을 익히지 않았는가. 그러니 중검만큼은 여기 있는 누구보다도 깊게 다룰 수 있다고 여기고 있었다.

그런데 그걸 따라잡는 걸로도 모자라, 뛰어넘은 게 운현이었다.

자신보다 운현의 무공의 경지가 더욱 깊음은 알고 있었지만, 이건 너무하지 않은가?

'말도 안 되는 일…….'

그녀가 생각하기에 진정 말도 안 되는 일이었다.

거기다 그녀만의 중검만 '흉내'를 냈다고 한다면 또 모르 겠다.

'……이쪽도 따라 해 버렸지.'

제갈가의 무공. 치열하게 계산하고 상대의 급소를 찌르고 들어가는 제갈가의 환검.

그것조차도 운현은 그대로 재현해 냈다. 아니 적어도 제 갈소화보다는 깊은 수준으로 환검을 펼쳐댔다.

분명 운현이 가진 검술의 기반은 제갈가의 것이 아닌 무당 의 것임이 분명할 텐데도!

환검을 아주 제대로 사용했다.

게다가 그 쾌검은 또 뭔가?

여기서 쾌검의 고수가 있었던가? 그가 흉내 낼 만한 쾌검 의 고수는 적어도 여기에 아무도 없었다.

그런데도 잘도 쾌검을 사용했다. 아주 익숙하게!

그래 놓고도 저런 평온한 표정을 하고 있으니, 일행으로서 는 정신이 멍할 수밖에 없었다.

운현은 운현 나름대로 할 말이 있기는 했다.

'기운을 흉내 냈을 뿐이지.'

검술 자체는 여전했다. 경지의 차이가 있어 일행보다 낫기 는 하지만, 훨씬 낫다 싶을 만큼의 검술은 운현도 보유하지 못하고 있었다.

검에 권, 거기에 의술까지 갈고 닦고 있는 운현으로서는 셋 중 어느 하나가 확연히 수준이 높다고 하기는 어려웠다.

그나마 가장 높다고 할 수 있는 것은 의술이었다.

그가 사용하는 것들. 그의 가장 발전된 기감이라고 할 수 있는 것도 그는 의술을 통해 얻은 것으로 봤으니까.

만류귀종이라는 말이 있듯, 겹치는 부분이 많기는 했지만 어쨌건 그가 최고 경지에 있는 것은 의술이었다.

의술과 무술은 확연히 다른 것.

물론 초절정에 이른 그가 이런 소리를 하는 것 자체가 어불성설이기는 하지만, 그래도 그는 진심으로 그리 생각했다.

다만 그가 오늘 사용했던 기술은.

'흉내지. 흉내.'

특유의 강한 기감. 그동안 쌓아온 경험. 그리고 그 경험을 통한 응용이 제대로 융화되어 할 수 있는 묘기 아닌 묘기였을 따름이었다.

거기에 약간은 덤이지만.

'의술도 사용했지.'

혈도를 순간적으로 강화하는 방식이 더해지고. 선천진기로 약효를 강화시키듯이 강력한 선천진기의 힘으로 무공을 펼쳐 그리 보였을 뿐이었다.

또한 상성이 좋았다.

중년의 무공과 특수한 기운은 분명 처음에는 당황만을 안겨 줬었다.

　금강불괴가 떠오를 만큼 강력한 외공에, 일수 일수에 담긴 거력은 분명 어마어마했다.

　하지만 상대를 하다 보니 그게 아니었다.

　의외로 중년의 기운은 운현의 기운에 약했다. 죽음의 기운이 생기(生氣) 그 자체인 선천진기에는 약한 것과 같은 원리랄까.

　기묘하기는 하지만 안 그래도 죽음의 기운이 섞여 있었던 게 중년의 기운이다. 특히 강시의 기운을 흡수하고 나서부터는 더욱 그 정도가 강해졌다.

　강시의 기운을 흡수하기 전 중년의 내공은 그 기묘하고 혼종된 기운이 그가 가진 기운의 대부분이었다.

　하지만 강시의 기운을 흡수하고부터는?

　죽음의 기운이 강해졌다.

　강시의 기운은 곧 죽음의 기운이나 다름없지 않은가. 그걸 흡수했으니 당연한 이야기였다.

　덕분에 운현으로서는 강시의 기운을 흡수한 것을 보고 나서부터는 전투가 더욱 쉬워졌다.

　'처음에는 당황했지.'

　흡성대법과 비슷해 보이는 중년의 묘수에 처음에는 당황

을 했지만, 딱 처음까지만 그러했다.

강시의 기운을 흡수한 중년은 무지막지한 내력을 가지게 되었어도, 운현과의 상성은 더욱 안 좋아졌다.

물론 그 무지막지한 내공 덕분에 시간이 조금 걸리긴 했지만!

그래도 상성 덕분으로 쉽사리 상대를 할 수가 있었다.

전보다 조금의 힘만 써도 수월하게 막을 수 있고, 힘을 줄여 공격해도 타격이 들어가는데 질 이유가 없지 않겠는가.

상성이 맞음을 확인하고부터는 그 뒤부터 온갖 묘수를 사용해 가면서 상대를 압박했을 따름이었다. 생포를 해야 한다는 이유만 아니었더라면 더 쉽게 끝을 낼 수도 있었을 거다.

이 상황에 대해서 설명을 하려고 했지만.

"으으……."

그 순간 마혈에 이어 아혈까지 막혀 있는 중년의 신음이 운현의 귀를 파고 들어왔다.

'아쉽군.'

아쉽게도 자세한 설명은 뒤로 미뤄야 할 터.

일행이 자신에 대해서 오해(?)를 하고 있는 듯하나 그걸 푸는 것은 한참 뒤의 일인 듯했다.

어째 일행이 자신을 괴물 보듯 하고 있지만 어찌하겠는가.

"챙기죠. 데리고 들어가야 하지 않겠습니까? 그 전에 마무리부터 제대로 하지요."

"……크흠. 그러지요."

"예."

당장의 상황은 마무리해야 했다.

*   *   *

'흉내라고 했지만, 말도 안 되는걸.'

남궁미로서는 머리에 그려지는 물음표를 없애려야 없앨 수가 없었다. 운현이 보여준 한 수 한 수는 그만큼 충격적이었다.

그런데도 별거 아닌 듯 말하고 있으니 역시 괴물은 괴물이었다.

하지만 궁금하다고 해서 일의 선후 관계도 생각지 않을 만큼 남궁미는 바보는 아니었다.

운현이 말한 바대로 강시들의 표본 몇을 챙기고 있었다.

사체였던 것을 챙기는 것이 꺼림칙하기는 하지만, 그래도 챙기긴 챙겨야 했다.

'이미 강시는 여러 번 나왔긴 하지만……'

몇 번이고 봐 왔던 강시 아닌가.

이미 강시들의 출현은 당연시되고 있는 데다가, 그녀가 보기에 이번 강시라고 해서 특별할 것은 없어 보이긴 했다.

그래도 운현의 말이니 따르고자 움직인다.

옆에 있는 제갈소화도 마찬가지인 듯, 주섬주섬 사체를 챙기고 있었다.

옆에 있는 당기재? 그는.

"흐읍……."

스으으으─

독공을 사용한 다음에는 제대로 마무리를 해야 한다며, 주변 곳곳에 있는 독의 흔적들을 지우거나 흡수를 해대고 있었다.

자신이 사용한 독공에 의해서 독이 퍼지는 것을 어떻게든 막고 있는 것이다.

전에 강시들이나 기묘한 사내에게 추격을 당할 때에야 상황이 워낙 급해서 하지를 못했지만, 지금은 아주 확실히 처리를 하고 있었다.

공동의 안이어서 독기가 퍼져 나갈 확률은 극히 낮기는 했다.

그래도.

"음…… 여긴 너무 많은데."

그는 꽤 열심히 움직였다. 독기를 없애는 것이 꼭 그가 해야 할 일이라는 듯.

의문(疑問) 87

혹여나 양민들에게라도 피해가 가면 안 된다고 하면서 아주 열심히였다. 독을 사용한다지만 정파인으로서는 꽤 그럴듯한 모습이었다.

하기는 저런 뒤처리 같은 작은 일에서부터 많은 것들을 쌓아 왔기에, 당가가 독을 사용함에도 정파라고 인정을 받는 것일지도 몰랐다. 그렇지 않았더라면, 정파는커녕 사파로 취급을 받고 있을 확률이 높은 게 당가이기도 했다.

그 옆에서 명학은.

강시의 사체를 챙기면서 동시에, 깊은 침묵에 빠져 있었다.

"……."

그가 무슨 생각을 하는지는 모르겠으나, 허튼 생각으로 침묵을 하고 있는 것은 아닐 터.

언제고 그의 입이 열리면 얻는 것이 있을지도 몰랐다.

어쨌거나 일행은 공동에서 생각지도 못한 수확을 얻으며 마무리를 하고 있었다.

*   *   *

스으으.

인형(人形)이 움직임에도 주변의 풀은 흐트러질 줄을 몰랐다.

사람이 움직이면 자연스레 움직이는 것이 당연한데도, 인형의 움직임은 느껴지지도 않는 듯했다.

풀조차도 느끼지 못할 움직임이라니!

은밀해도 너무도 은밀한 움직임이었다. 그렇게 인형은 한참을 움직이고 들어가 어느 암굴에 다다랐다.

진이라도 설치되어 있는 건가?

사내가 조심스럽게 무언가를 만지기 시작한다.

그르르릉—

암굴에서 어떤 움직임이 포착된다. 그런데 어째 움직임이 기묘했다. 진이라고 하기에는 뭔가 이상한 것이 느껴졌다.

하지만 은밀함을 유지하고 있는 인형(人形)은 그 기묘함이 익숙한 듯했다.

안으로 들어서자 환한 불이 그를 반겨준다.

그것들은 야명주들이었다!

홀로 빛을 내는 귀물이라고 불리는 야명주. 헌데 어떤 야명주가 이리도 환한 빛을 낼 수 있을까?

이런 환한 빛을 내는 야명주라니.

누가 이 야명주를 발견했더라면, 소문이 안 날 리가 없었다. 황제의 진상품으로 올라가도 부족함이 없을 만큼 환한 빛을 내고 있었다.

그것이 수십이었다. 그러니 암굴 안이라고 하더라도 환하게 빛이 안 날 리가 없었다. 대낮이라고 하기에는 부족해도 시야를 충분히 확보하기에는 부족함이 전혀 없었다.

"……."

그런 귀물을 보면 욕심이라도 날 법하건만, 야행복을 입은 사내는 아무런 말도 하지 않은 채로 안으로 들어갈 뿐이었다. 저런 야명주 따위는 돌멩이 정도도 되지 못한다는 태도였다. 눈빛에서 탐욕 자체가 느껴지지가 않고 있었다.

그렇게 통과한 암굴.

야명주로 환하게 불을 밝힌 주제에 암굴은 길지 않았다.

게다가 야명주에 어울리지 않게 안은 초라했다. 야명주와 기묘한 기관진식만 아니었더라면, 대단할 게 없어 보일 정도였다.

그곳에는 단 한 명만이 존재하고 있었다.

그 사내 또한 안에 있는 것들과 마찬가지로 기묘했다. 머리카락은 검게 물들어 있는데, 아래로 자란 수염은 새하얀 사내였다.

얼굴에 주름 하나 없는데, 눈빛은 노회한 늙은이의 것과 다르지 않았다. 얼핏 현자의 눈이 있다면 이 사내의 눈이 아닐까 싶은 생각이 들 정도였다.

옷차림은 학자의 그것과 비슷했다. 그러면서도 활동성을

생각한 듯 품이 넓지는 않았다.

그런 사내에게 야행복을 입은 이가 부복(俯伏)을 한다.

강제가 아니라, 진심으로 눈앞의 사내에게 복종한다는 태도가 느껴졌다. 존중과 존경이 확실히 느껴졌다.

[어찌됐느냐?]

사내의 목소리가 암굴에 울려 퍼진다.

육합전성인가?

한곳도 빠짐없이 울려 퍼지는 사내의 목소리는 암굴을 가득 채우고도 모자라, 꽉 차는 느낌이었다.

보통 사람이 들었다면 놀라거나 정신이 어지러워질 정도의 기묘함이 함께 느껴지는 목소리였다.

야행복을 입은 자는 그런 사내의 물음에 더욱 깊게 부복을 하며 답을 했다.

"……실패했습니다. 또한 중사는 잡혀 버린 듯합니다."

잠시의 침묵.

야행복의 사내는 보지 못했겠지만, 중사라는 이가 잡혔다는 말에는 기묘한 사내의 눈썹이 조금이지만 움찔하고 움직였다.

상황을 가늠하듯 침묵이 이어진다.

그러다가.

[실패라? 소상히 말해 보거라.]

다시금 사내의 목소리가 울려 퍼진다.

어찌 설명을 해야 할까 잠시 가늠을 하는 듯, 야행복을 입은 사내가 부복을 한 채로 가만 움직이지 않고 침묵한다.

그러다가 이야기를 꺼내들기 시작한다.

"처음의 실험은 성공적이었습니다. 하지만 이 뒤에 호기신의라는 자가 등장하고부터는……."

꽤나 긴 이야기였다.

아무런 대답이 없음에도 야행복을 입은 자는 하염없이 읊고 또 읊었다.

한참이 지나서야 그 긴 이야기가 끝이 나기 시작한다. 그걸 다 듣고서는 음미하듯 가만 허공을 바라보던 사내가 말을 남긴다.

[호기신의라…… 그자가 항상 문제로구나.]

"……송구합니다."

[허나 아직 준비는 덜 되었으니…….]

사내가 고심을 한다. 때로는 침음성을 삼키기도 한다. 누가 봐도 깊게 생각하는 눈치였다.

부복을 하고 있는 야행인은 그런 사내의 모습에 아무런 말도 않고, 더욱 깊이 부복을 하고 있을 뿐이었다.

오직 사내를 모시는 것이 자신이 할 일의 모든 것이라는 듯 그러고만 있었다.

지칠 법도 한데 한참을 그러고 있는 동안.

"……."

묘한 침묵만이 가득한 가운데. 먼저 침묵을 깨는 쪽은 야행인이 아닌 사내였다. 다만 차이는 있었다. 이번에는 육합전성과 같은 울림이 아닌, 육성이었다.

헌데 그 내용이.

"네가 죽어야겠구나. 아직 준비가 되지를 않았으니."

"명!"

야행인에게 죽으라 하는 말이었다.

말 그대로 사내의 말은 죽음을 가리키고 있었다. 헌데 웃긴 건 그걸 받아들이는 야행인의 태도였다.

사람이든 짐승이든 할 것 없이 생명이라 함은 죽음에 대한 본능적인 거부감이 있는 법이었다.

헌데 야행인은 그런 모습을 전혀 보이지 않았다.

사내가 죽으라 하니, 죽는다 말한다.

단순히 충신이라고 말을 하기에는 뭔가 기묘했다. 야행인은 죽음에 대한 공포도 없는가 싶을 정도였다.

헌데 그걸 받아들이는 사내도 당연하다는 태도였다.

자신이 죽으라 하면 죽는 것이 당연하다는 태도. 말도 안 되는 상황이었다.

그런 말도 안 되는 상황을 만들어 놓고도 사내는 한술 더

떴다.

"그래. 네가 죽음으로써 우선은 시간을 벌겠지. 그거면 족하지 않겠느냐. 다른 몇도 함께 데려가도록 하거라."

"예. 적당한 선에서 자르도록 하겠습니다."

다른 이들도 함께 죽으라 말한다. 고작 시간을 벌라는 이유 하나뿐이다.

그런데도 당연하다는 듯 야행인은 같이 죽을 자를 가늠하고 있는 태도였다.

뭣 하나 정상인 게 없었다.

그런 야행인의 태도에도 사내는 고개를 끄덕일 뿐이었다. 수고한다거나, 고맙다는 말 따위는 없었다.

"그래. 이 모든 것이 대의를 위해서일지니."

"예."

대의.

운현에게 있어서는 말도 안 되는 그놈의 대의라는 것으로 또 다른 사람들이 목숨을 버리려 하고 있었다.

대체 그 대의가 뭐든 간에 사람을 희생시켜서 얻은 것이 과연 옳을는지는 지켜보아야 할 터.

그날.

예전의 호북성에서의 그때처럼 말도 안 되는 대의라는 명분 속에서, 자신의 목숨을 버리는 자들이 생겨나고 있었다.

第五章
조사(調査)

　일행이 공동에서 돌아오는 데는 그리 오랜 시간이 걸리지 않았다. 다들 지쳐 있기는 했지만, 힘들어한다거나 하는 일행이 있을 리가 없었으니 가능한 일이었다.

　그들은 바로 숙소를 향해서 갔다.

　아직은 이른 시간이었다. 새벽녘이었으니까.

　"불이 환하군요."

　"일을 크게 벌인 거 같습니다."

　"이쯤 되면 그래도 상관이 없겠지요. 더 첩자가 있더라도, 우선은 꼬리라도 잡아챘으니까요."

　"그럴지도요."

하지만 눈앞에 보이는 숙소는 환했다.

불을 붙일 수 있는 곳에는 몽땅 불을 붙이고, 환하게 만들어 뒀다.

숙소가 환하니 그 안에 있는 자들은 안 봐도 알 수 있을 정도였다. 잠이 들었겠는가. 같이 나와 있겠지.

특히나 동창과 같은 조직에 속한 이들이라면 속 편하게 자고 있을 자는 없다고 봐도 무방했다.

'제대로군.'

제갈소화의 말대로 안에 있을 송상후가 일을 크게 벌인 듯했다.

정소준이 도망을 갔고, 사내 하나를 잡아왔으니 동창의 숙소에 남은 것은 종학운 하나다. 그에 대해서는 송상후에게 맡기고서 정소준을 잡으러 왔었다.

그렇다면 뻔했다.

"고문이라도 벌어지고 있는지도 모르겠군요."

"그럴 거예요. 이참에 제대로 보여주려는 의도도 있겠지요."

"의도라……."

하기는 동창이 반으로 나뉘어 있다고 했다.

무사 출신과 내관 출신으로. 아예 크게 나눠져 있다고 하지 않았나. 파벌을 선택하지 않으면 알게 모르게 불이익을 당할 정도의 상황이라는 이야기도 있었다.

그런 상황에서 내관, 무관 두 파벌에서 모두 첩자가 하나씩 나왔다.

차라리 잘됐다.

한쪽만 나왔더라면 더 큰 파벌 싸움이 될 만한 상황인데, 양쪽 다 나온 상황. 그러니.

'일을 크게 벌였겠지.'

동창 전체는 아니더라도, 적어도 이곳 황천현에 있는 동창 무사들에게 알릴 겸 송상후가 일을 크게 벌였을 거다.

파벌에 상관없이 첩자가 있으니, 조심하라는 의미로.

또한 내부에서 일이 이리 벌어지고 있는 상황 덕분에 첩자들이 활개를 치고 있다는 식으로 나올 것이 분명하다.

그건 나쁜 것이 아니었다.

'차라리 잘된 거지.'

첩자에게 이목을 집중시키고 적은 외부에 있다고 해 두면, 차라리 파벌끼리 나뉘어 있는 때보다 동창이 훨씬 더 잘 돌아가게 될 거다.

문제는.

'이번이야 양쪽 파벌 모두에서 첩자가 나왔다지만. 만약에…….'

이번에야 내관 출신이고 무관 출신이고 가릴 것이 없이 첩자가 나왔다지만, 만약에 첩자들이 어느 한쪽에 쏠려 있다면?

내관 쪽에 첩자들이 더욱 넘쳐나거나, 무관 출신에 첩자가 더욱 넘쳐나거나 하면 그때는.

'동창이 반 토막이 날지도 모르지.'

내분이 커지다 못해, 정말 반 토막이 나버릴지도 몰랐다.

그래서는 안 됐다.

안 그래도 중원 전체가 어지러운 상황에서 내분에 의해 동창이 반 토막이라도 나면, 적은 더 좋아할 게다.

황궁의 세력. 그것도 황궁에서 정보를 맡고 있는 동창이 무너져서야 이득을 볼 자들은 황궁이 아닌 황궁의 적 혹은 암중 세력과 같은 곳이 될 거다.

'그것만은 막아야겠지.'

그런 일이 일어난다면 아주 빠르고 확실하게 움직여야 할 거다.

동창이 반 토막 나지 않도록, 혹시나 괜한 희생자가 나오지 않도록 꽤 애를 써야 할 거다.

지금 상황에서는 황궁 조직이든, 무림에 속한 이든 어느 쪽이든 간에 제대로 세력을 갖고 있는 게 좋았다.

누가 적인지 아군인지 피아 식별이 안 되는 이 상황에서는 힘을 보존하는 것이 제일 나았으니까.

그렇기에 운현은.

"흐음……."

반은 걱정, 또 반은 기대를 하면서 송상후가 있을 숙소를
향해서 나아갔다.

＊　　　＊　　　＊

과연 상황은 예상대로였다.

환하게 밝혀진 숙소의 중심.

역병이 돌기 이전이었다면 꽃놀이라도 할 만한 정원과 마
당에 동창 무사들이 빼곡하니 자리를 차지하고 있었다.

그 가운데 가장 높은 단상의 중심에 자리하고 있는 건 송
상후였다.

그리고 그 뒤로도 몇몇의 인물들이 보였다. 의명 의방의
의원들이었다.

'혹시 모를 상황에 대비하려나 보군.'

반쯤 눈을 가리고 있는 것으로 보아서는 구경하자고 나온
상황은 아니었다.

의원으로서 볼 꼴 못 볼 꼴을 다 본 게 의명 의방 의원들
이라지만, 그들이 잔인함을 즐기는 심성은 아니었다.

그런 심성을 가진 자는 애당초 의명 의방의 의원이 못 됐

다.

그런데도 이곳에 나와 있다고 하는 건 뻔히 송상후의 요청이 있었을 게다. 혹시 모를 상황에 대비를 해 달라는 거겠지.

아마 종학운이 급작스레 죽을 것을 대비한 게 분명하다.

이러지도 저러지도 못한 채로 의방 의원들이 발을 동동 구르고, 동창 무사들은 초췌한 가운데 무거운 분위기를 유지하고 있는 상황.

그 상황을 만들어 낸 주인공 종학운은.

"크으……."

고통을 지를 힘도 없는 건지, 신음을 내뱉고 있을 뿐이었다.

이미 몸의 곳곳이 상한 것이 보였다. 짧은 시간이지만 말도 못 할 고문을 당한 것이 분명했다.

누가 봐도 없던 동정도 생길 만한 장면이었다.

하지만 사람 좋아 보이던 송상후는 이번만큼은 제대로 결심을 한 듯했다.

"더욱 강하게!"

"예!"

고문을 맡고 있는 동창 무사에게 더욱 강요를 한다.

아무런 파벌도 없이, 오직 동창에 속한 소속감만으로 동창에서 버텨 왔던 송상후로서는 지금의 상황이 더욱 마음에 안 들어 그럴지도 몰랐다.

쓸데없이 파벌을 만들고, 그 파벌로도 모자라서 첩자 노릇까지 하고 있다니!

그로서는 용납을 하려야 할 수가 없는 일이었을 게다.

시뻘겋게 눈을 뜨고서는, 종학운이 받고 있는 고문으로부터 눈을 피하지도 않는다. 감지도 않는다. 다만 정면으로 응시하고 있을 뿐이었다.

그 눈빛이 그의 의지를 대변해 주고 있었다.

'……결심한 거군.'

어떻게든 이 일을 해결하겠다는 의지.

동창의 무사로서, 동창이 썩어 들어가는 것은 용납하지 못하겠다는 그런 의지가 전해져 왔다.

나쁜 일이 절대로 아니었다.

좋은 일이었다. 지금 상황에서 잔인함을 가지고 송상후를 뭐라고 할 만큼 멍청한 자는 여기에 어느 누구도 없었다.

조심스레 속도를 줄이고서는 마당을 향해서 나아간다.

그러자.

"어엇."

"신의님!"

의명 의방의 의원들이 가장 먼저 알은체를 해 왔다.

어찌 보면 지금 상황에서 가장 불쌍한 건 의원들 아닌가.

그들로서는 마당 한가운데에서 벌어지고 있는 잔혹극에 제대로 집중하고 있지 못하는 상황.

덕분에 다른 곳을 주시하고 있다가, 운현과 그 일행을 가장 먼저 눈치챈 듯했다.

신의라는 말에.

"……."

모두의 눈이 번쩍 떠진다.

다들 눈을 빠르게 돌리더니, 운현과 일행이 있는 곳을 순식간에 찾아내서는 바라본다.

그들의 시선에서는 운현을 향한 원망이나 그런 감정을 전혀 찾아볼 수 없었다.

다만 안타까움은 있었다. 또한 분노도 있었다.

운현의 뒤로 당기재가 어깨에 들쳐 멘 정소준을 본 것이 분명하다.

안타까움과 분노는 분명 지금의 상황을 만들어낸 정소준에게 보내고 있는 것이 분명했다.

그들이 운현이나 일행을 원망할 이유는 없을 테니까.

어느새 자리를 박차고 일어난 송상후가 운현을 향해서 다가온다.

"오셨습니까? 생각보다는 오래 걸리지 않으셨군요."

"다행히도 바로 잡을 수 있었습니다."

"그 옆은 어찌 된 자입니까?"

"자세한 건 일단은 안으로 들어가서 이야기하지요."

운현을 보자마자 반쯤은 흥분했던 송상후다. 침착한 운현의 말을 듣고서야 그제서야 평상시의 표정으로 돌아왔다.

이성을 되찾았달까.

그럼에도 여전히 얼굴에 피로감이 가득하기는 했지만, 일의 선후관계 정도는 제대로 파악할 이성은 남아 있었다.

"그게 좋겠군요. 잠시 휴회를 한다!"

목을 가다듬고는 크게 외치자, 그제서야 동창 무사들이 분주히 움직이기 시작한다.

미리 정해진 바가 있는 건지, 이럴 때는 어찌 행동해야 하는지를 알고 있는 건지는 몰라도 분주한 가운데 혼란은 없었다. 몇몇은 고문을 받던 종학운의 곁을 지키기 시작하고, 또 몇몇은 넓게 퍼지기 시작한다.

그러곤 의원 중에 하나를 데려와 검사를 하도록 한다.

혹시라도 종학운이 급사라도 할까 싶어 조치를 취하는 것이 분명했다.

'빠르군.'

순식간에 정리가 이뤄졌다.

그 정리된 장면을 보고는 송상후가 고개를 끄덕인다. 그러고는.

"이쯤이면 될 거 같습니다. 들어가지요."

"그러도록 하지요."

반쯤 재촉하듯 운현에게 들어가자 말한다.

다들 피로하기는 했으나, 누구 하나 빠짐없이 송상후의 집무실을 향해서 갔다.

＊　　＊　　＊

'어지럽군.'

안은 여러 가지가 널브러져 있었다.

평상시의 정갈함은 보이지도 않는 상황.

안이 어지러움은 그만큼 송상후가 정신이 없었다는 의미기도 했다. 또한 그의 속이 어지럽다는 것을 대변하는 모습이기도 했다.

종학운을 고문하던 바깥에서야 강직한 척을 했었지만, 그도 속내는 꽤나 복잡한 것이 분명했다.

하기는 사람 좋던 모습이 가식이 아닌 이상에야 그가 지금의 상황을 즐기고 있을 리는 없었다.

그럼에도 송상후는 치울 생각은 않고, 일행에게 자리에 앉으라는 시늉을 하고서는 앉자마자 물었다.

"정소준이야 알아보겠습니다. 의외로 정상인 상태로군

요?"

"알아볼 건 여기서 알아보면 된다고 여겼으니까요."

"그도 그렇군요."

정소준. 종학운과 함께 첩자 노릇을 하던 그는 종학운에 비교하면 확실히 정상이었다.

바삐 움직인 덕분으로 여기저기 생채기가 나 있기는 하지만, 고문을 당하던 종학운에 비하면야 그건 상처도 아니었다.

당장 고문을 하거나 한 것은 없었으니 당연한 이야기였다.

송상후도 그 말을 이해하고는 고개를 끄덕인다. 하지만 그의 눈에는 여전히 의문이 남아 있었다.

정소준과 바로 그 옆에 있는 사내.

운현과의 대결로 인해서 온몸을 헐벗기야 했지만, 남아 있는 복색만 봐도 특이한 중년을 보며 의문을 던지고 있는 송상후였다.

확실히 그로서는 당시의 상황을 알 길이 없었으니, 의문을 갖는 것도 당연했다.

상황이 상황인지라 돌려 말하는 것 없이 바로 물어왔다.

"그 뒤에 그자는 누구입니까?"

"암굴이 있어 들어갔었지요. 그래서 그곳에서……."

여기서 다른 오해가 생기거나 하면 안 됐다.

앞으로의 일이 중요했다. 일이 제대로 진행이 되려면, 확실하게 이쪽에 끼게 된 송상후도 전후 상황을 제대로 알아야 했다.

운현의 간단하면서도 긴 설명이 시작됐다.

　　　　　*　　　*　　　*

설명을 모두 들은 송상후는,

"허어……."

듣자마자 크게 한숨을 내쉬었다.

그로서는 동창에 첩자가 있는 것으로도 모자라 황천현 가까이에 그런 공동이 있다는 것이 상상도 안 가는 일인 듯했다.

하기는 동창의 무사들이 호북성을 샅샅이 뒤지고 있지 않은가. 파벌을 떠나서 말이다.

그런데도 그런 공동이 있었다고 한다면, 그 공동은 호북성의 일이 있기 이전부터 설치된 것이 분명한 터.

그것도 동창 무사들의 눈을 피해서 설치된 것이 분명하다. 첩자들이 있다지만, 공동 정도 되면 꽤 오랜 기간 공사를 해야 했다.

그만큼 공동을 설치한 자들이 능력이 있다는 의미였다.

송상후의 생각보다도 역병을 퍼트린 자들의 조직은 꽤나 대단한 조직일지도 몰랐다.

거기다 그곳에 강시들까지 있었다는 걸 생각하면.

근래에든 역병이 발병하기 전이든 강시들이 이동하는 걸 발견했다는 소리가 없으니, 그곳에서 강시가 생산되고 있었을지도 모를 일이었다.

어느 쪽이든 간에 큰 문제였다.

그러니 송상후의 한숨이 클 수밖에. 그의 고뇌가 깊어져 간다. 다행히도 송상후는 걱정을 한답시고 더 시간을 끌거나 하지는 않았다. 되레 이야기를 듣고는 더 서둘렀다.

운현이 없던 동안의 경과를 빠르게 전해 줬다.

"……관련해서는 몇 가지 정보를 얻었습니다. 우선 그 방식이……."

가장 먼저 말한 것은 사체에 관한 것.

첩자 노릇을 하는 이들이 다른 동창 무사들의 눈을 피하는 방식은 생각보다 단순했다.

여러 가지 방식을 썼지만 대표적인 것은 몇 개 안 됐다.

우선은 첩자 노릇을 하면서 그들이 움직이는 동선에 표식을 해 나가면서 이동을 했다고 한다.

미리 표식을 해 두면.

"동선의 앞에 가서 썩지 않는 사체를 숨기도록 했답니다."

"그게 쉽겠습니까? 여기만이 아니라 하북 전역에 동창의 무사들이 퍼져 있는데요?"

"그래도 효과는 있었던 듯합니다. 허허…… 생각 외로 많은 이들이 첩자일지도 모르지요."

그 표식을 보고 용케 썩지 않는 사체들을 동창 무사들보다 먼저 가서 치웠다고 한다. 첩자가 아닌 다른 자들이. 확실히 누가 처리했는지는 종학운도 모르는 듯했다.

그로서는 첩자 노릇에만 충실했던 듯했다.

허나 웃긴 건. 운현의 말처럼 하남성 곳곳에는 동창 무사들이 즐비했지 않던가.

그런 상황에서 미리 동선을 파악한 것만으로 몰래 사체들을 숨기다니? 그것도 눈치도 채지 못할 만큼 은밀하게 숨겼다는 게 말이 되는가.

'도무지 말이 안 된다.'

정보를 다루는 동창의 눈을 피하는 것도 한두 번이지, 그건 도무지 말이 되지 않았다.

아무리 내부의 첩자 하나가 외부의 적 백보다도 더 큰 문제라지만 이건 좀 너무하지 않은가.

하지만 여기에 송상후는 몇몇 이야기를 더해 줬다.

"저도 의문이긴 합니다. 말이 안 되지요. 그렇게 눈을 가리기도 힘들 겁니다."

"그런데도…… 눈이 가려졌다?"

"예. 미리 표식을 한 것에 더해서, 이것도 사용했다고 합니다."

"으음?"

처억.

송상후가 품에서 뭔가를 꺼내든다. 그건 호리병이었다. 아주 작은 호리병.

영약이나 독. 그런 작고 귀한 것을 담을 때나 사용하는 호리병이 여기서 나올 줄은 예상도 못 했던 운현이다.

"이게 무엇입니까?"

"이걸 사용하면 그 사체를 다른 사체들과 같이 썩게 만들 수 있다더군요."

"허? 화골산도 아니고……."

"저도 확인해 봤습니다만 화골산은 아니었습니다. 어디 한번 보시지요."

운현은 받았던 호리병을 자연스레 당기재에게 넘겼다. 화골산인지 아닌지를 확인하는 건 당기재가 확인하는 것이 가장 빠르기 때문이었다.

당기재가 망설임 없이 호리병을 받아들었다.

그리곤 뚜껑을 따서는 몇 가지를 확인했다.

냄새를 맡기도 하고, 품에서 무언가를 꺼내 호리병의 것과 섞기도 했다. 일부는 바닥에도 뿌렸을 정도다.

그리고 내린 결론은.

"이건 화골산이 아닙니다."

"역시 그렇지요? 안 그래도 처음에는 어찌 그리 많은 화골산을 구했나 놀랐습니다. 하지만 화골산은 확실히 아니더군요."

화골산. 시체마저 녹인다고 하는 화골산은 당기재가 쉽사리 구하기 힘든 거라 장담을 했었다.

그 많은 사체를 녹이는 데 동원하는 건 힘들다고 하더니, 역시 아니었다.

다만.

"이게 썩지 않는 사체에 섞이면 그 사체가 썩기 시작한다고 하더군요. 화골산처럼 완전히 녹는 게 아니고 말입니다."

"흐음…… 일종의 어떤 작용을 한다 이거로군요?"

"그렇지요. 어찌 신의님이라면 아실 거 같았습니다만……."

"아니요. 이건 저도 처음입니다."

운현으로서는 솔직히 대답을 했다.

모르는 것을 아는 척하는 성격도 아닐뿐더러, 여기서 괜히 잘못 입을 놀렸다가는 나중에 큰 피해로 돌아옴을 알기 때문이었다.

"허어…… 신의님도 모르시는 거라니."

덕분인지 송상후는 조금은 실망한 눈치였다.

운현이 이 호리병을 보면 무언가 알아내기라도 할 거라 예상한 듯했다.

하지만 운현으로서도 모르는 건 모르는 거였다.

썩지 않는 사체. 그 사체에 있는 기운에 반응하는 약재라니.

'생각도 못 했다. 진심으로.'

썩지 않는 사체가 있는 것도 이제 처음 봤다. 그것도 기운으로 말미암아 썩지 않는 건 상상도 못 했다.

설사 썩기 시작한다고 해도, 그 안에 웬 사특한 구슬이 있을 건 더더욱 예상을 못 했다.

모든 것이 상식에 맞지 않는 일이었으며, 운현으로서도 처음 겪는 것투성이였다. 뭐든 안다고 할 수가 없는 상황이었다. 거기다 그런 사특한 사체에 작용하는 액체라니.

'약도 아니고 영약은 더더욱 아니다. 굳이 말하자면 독……이겠지.'

어찌 만들었는지 가늠도 되지 않았다.

당기재도 운현과 같은 생각인지, 인상을 잔뜩 찌푸리고 호리병을 바라보고만 있을 뿐이었다.

그의 표정은 상상 이상으로 꽤 심각했다.

당가의 분파.

아주 오래전에 쪼개져 나갔던 그들이 이번 역병의 일에 관련이 있을 수 있다고 말하던 당기재 아니었는가.

그런 당기재로서는 심각한 것이 당연하기도 했다.

잘못하다가 이번 일에 당가 전체가 엮여 들기라도 한다면, 당기재 개인이 아니라 당가 전체가 횡액을 당할지도 모를 일이었으니까.

"……."

그러니 그런 당기재는 그대로 두고서는 운현도 가만 호리병을 바라본다.

'시간이 있다면…….'

시간을 들이면 뭔가를 알아낼 수도 있을지 몰랐다.

역병의 치료제를 만들어냈듯이, 이 호리병이 어찌 반응을 하는지 알아내면 알아낼 수 있는 게 많을지도 몰랐다.

하지만 이건 생각지도 못한 물건이었다. 운현이라고 하더라도 시간이 꽤 걸릴지도 몰랐다.

그래서야 되겠는가. 빠른 시간 안에 움직여야 하는 지금에 있어 시간이 걸리는 일은 지양해야 옳았다.

"그 외의 방법은 또 뭐라고 합니까?"

"……그것이."

우선은 당장 빠르게 할 수 있는 일에 집중을 해야 했다.

第六章
지즉위진간(知則爲眞看)

그 외에도 여러 가지 방법이 나왔다.

일부러 안내를 할 때에 썩지 않는 사체가 있는 곳이 아닌 관도로 움직이도록 유도하기도 했다고 한다.

그 정도야 자연스러운 일이었단다.

아무래도 산길을 헤매는 것보다는 관도로 가는 것이 더 빠르다고 보통은 생각하니까.

그 허점을 노렸다고 한다.

최대한 썩지 않는 사체가 없는 쪽으로 움직이니 썩지 않는 사체를 볼 확률이 줄어드는 것도 당연했다.

이게 다가 아니었단다.

약품을 쓰고, 표식을 남기고, 미리부터 사체를 피하는 것으로도 모자라서.

"항상 길잡이를 자처했습니다. 다들 좋아했지요."

"길잡이라……."

"예. 앞길을 가서 정찰을 하는 거야 당연한 일 아니겠습니까?"

"그렇지요."

동창 무사들이 움직인 목적은 호위였다. 의원들의 호위.

그러니 그들이 정찰을 하겠답시고 움직이는 건 꽤 좋은 명분이 되었단다.

호위를 해야 했으니, 호위 대상이 무슨 일을 당하기 전에 정찰을 한다는 건 꽤 좋은 생각이었으니까.

하지만 정찰 자체가 좋은 행위라고 하더라도 한편으로는 귀찮을 수밖에 없는 행위 아닌가.

다들 정찰을 가고 싶어 가는 경우는 없을 거다.

그걸 첩자들은 잘 노렸다고 한다.

'귀찮음이라…… 정말 갖은 방법을 다 썼군.'

다들 가기 싫은 가운데 솔선수범을 해 주니, 오히려 고마워했단다. 하기는 동창 무사들 중에 첩자가 있을 거라고는 생각도 못 한 상황 아니었는가.

그리 정찰을 나가 준다는 거 자체가 고마운 행위가 될 수밖에 없기는 했다.

"그래서 대부분 정찰은 그들이 나갔습니다. 대신 밤에 보초는 빠지는 식이었지요."

"겉으로 봐서는 아무런 문제가 없군요."

"예. 확실히 그렇습니다."

과연 그 대단한 동창에서 첩자질을 하는 첩자들다웠다.

정말 별의별 방법을 다 쓴 듯했다.

고문을 해서 불어버린 건 좀 웃기긴 하지만, 그래도 알만은 했다. 아마 아직까지도 말하지 않은 여러 방법들이 있을게 분명했다.

우스갯소리로 할 말은 아니지만, 이들이 하는 짓을 가지고 첩자 노릇의 교본을 만들어도 될 만한 상황이었다.

'감탄이 다 나오는군.'

참 열심히도 해냈다. 그만큼 종학운이나 정소준이 한 일은 꽤 대단했다.

아마 하남에 있는 첩자들 모두 이런 방식으로 움직였을 거다. 그러니 사체들에 대해서 제대로 파악하지 못하는 것도 어느 정도는 이해가 갔다.

문제는.

'그것도 어느 정도라는 거지.'

완전히 이해는 가지 않았다.

고작해야 몇몇 방법으로 사람들의 눈을 가릴 만큼 사체를 숨길 수 있다는 생각은 안 들었다.

하지만 송상후는 의외의 이야기를 꺼냈다.

"거기다…… 저희가 하는 일에는 큰 맹점이 있었더군요."

"맹점이라 하면?"

"……사체 그 자체입니다. 그 자체가 문제였습니다. 사실 사체는 길한 것이라기보다는 흉에 가깝지 않습니까?"

"그렇지요."

"그러니 혹시나 보았더라도, 보고도 몰랐었을 수도 있습니다."

"아아……."

지즉위진간(知則爲眞看).

'이해가 간다.'

아는 만큼 보인다는 말이 있지 않은가.

처음에는 운현도 썩지 않은 사체들을 보고 아무런 생각이 들지 않았다.

바로 알아채지는 못했다 이 말이다. 자세히 살펴보지 않았더라면 그도 다른 사체들과 똑같다 생각하고 움직일지도 몰랐다.

다른 사람도 마찬가지일 거다.

동창의 무사들에게 있어 일 순위는 의명 의방 의원들의 호위였다.

물론 조사에만 집중하는 다른 동창 무사들도 있기는 하지만, 그들도 시체에 집중을 하지는 않았을 거다.

역병을 퍼트릴 살아 있는 사람을 찾지. 사체에 매달리는 자는 더더욱 없을 거라 이 말이다. 게다가 다들 운현처럼 의원도 아니고, 특유의 강함 기감도 없지 않은가.

설사 썩지 않는 사체가 이상하다고는 느꼈어도, 그조차도 역병에 관련된 작은 일이라고 치부했을지도 모를 일이었다.

그러니 안 봐도 훤했다.

썩지 않는 사체를 암중 조직에서는 첩자까지 동원하면서 미친 듯이 없애버렸을 거고.

조사를 한다고 다니는 동창 무사들은 썩지 않는 사체가 이상해도 깊이 조사를 하기보다는, 역병을 퍼트린 산 사람부터 찾고 다녔을 거라 이 말이다.

거기에 송상후가 말하는 맹점이 있었다.

운현이야 의원이고, 경험이 있으며, 기감이 있으니 다르지만 다른 이들은 정말 사체에 관해 아무것도 모르고 넘어갔을 수도 있었다.

'시야의 문제라고 해야 하나……'

하기는 사체에 관해서 집중적으로 조사하는 법의학에 관한 것만 해도 그렇다. 운현이 있던 전생에서도 꽤 오랜 시간이 지나서야 발전을 하지 않았는가.

있다고 하더라도 법의학 자체가 초보적인 상황이었다.

그런 가운데 사체에 누가 집중을 할 거라고 여기는 것도 이제 와서 생각해 보면 우스운 이야기기도 했다.

다들 운현과 같이 넓은 시야를 가지고 있을 리가 없지 않은가.

정말 사람이란 아는 만큼 보이는 법이니 그들이 사체에 관해 집중을 안 하는 것도 이해는 갔다.

되레 사람이다 보니 사체에 더욱 신경을 안 썼을지도 몰랐다. 여기를 봐도 시체. 저기를 봐도 시체 아닌가. 역병이 떠돌았으니까.

그런 가운데 사체를 집중적으로 살피는 것도 어지간히 강심장이지 않고서야 힘든 일이다.

애당초 사체를 가지고 조사를 한다는 개념도 별달리 없고 말이다.

무림인들이야 사체를 가지고 흉수를 찾거나 한다지만, 지금은 역병에 관한 흉수를 찾는 상황이었으니. 더욱 그럴지도 몰랐다.

낫 두고도 기역 자도 모른다는 말도 있듯, 결국 동창 무사들은 일의 핵심인 사체를 두고도 아무것도 모를 수 있을 상황이라 이 말이다.

'결국 원점인가.'

운현 일행은 사체 덕분에 동창에 속한 첩자들을 발견해내고, 강시를 잡고, 웬 괴이한 중년까지 잡은 성과가 있기는 했다.

하지만 그걸 빼고는 다른 조사를 나서고 있는 동창 무사들의 성과는 전무했다.

그러니 꽤나 허무한 상황이었다.

"다들 산 사람 뒤만 쫓고 죽은 사체는 별 신경도 안 쓴 게 문제였습니다. 그러니 첩자들도 활개를 치고 쉽게 움직이며 사체를 치웠겠지요."

"그래도 한, 두 명 정도는 어찌 사체에 이상한 의문을 느끼지 않았을까요? 보고도 하고요."

"크게는 생각 안 했을 겁니다. 그게 조사가 계속 지연되는 원인일 수도요."

"흐음……."

썩지 않는 사체를 설사 발견했다고 하더라도, 위에 보고를 않고 넘어갈 수도 있다는 소리였다.

'정말 여러 가지로 꼬였군.'

역병을 퍼트리는 상상도 못 할 조직이 있지를 않나. 그런 자들이 강시를 동원하고. 거기다 동창에 첩자까지 심어 놓는 상황이다.

그것도 하남에서의 일만 해도 이렇다. 여기에 호북에서의 일도 더하고, 중원 전체까지 놓고 보면 일은 더욱 커진다.

'대체 어디서부터 풀어야 하나.'

꼬여도 이렇게 꼬여 있을 수가 없었다.

어디서부터 풀어야 할지 가늠도 안 될 만한 그런 상황이라 말해도, 누가 뭐라고 하지 않을 상황이었다.

그래도 성과가 전혀 없는 건 아닌 터.

일 보(一步), 일 보를 걸으며 지금까지 잘해 온 일행이었다. 여기서 가만 손 놓고 있을 수도 없지 않은가.

꼬여있는 실타래를 풀 것을 생각하면 숨이 턱하니 막혀 오기는 하지만, 운현은 바로 자신이 할 일부터 찾기 시작했다.

우선은 알리는 게 중요했다.

알리는 데 있어서만큼은 눈앞의 송상후만 한 자가 없었다.

첩자가 섞여 있을지언정 동창의 연락망은 중원 전체에 있어서도 두터웠다. 이 연락망 전체를 막는 건 첩자 몇이 막는다고 해서 될 일이 아니었다.

"……이해는 했습니다. 하지만 동창 전체에 전달은 해 주시지요. 첩자에 관한 일과 사체에 관한 일 모두요."

"그건 이미 조치했습니다. 전서구가 날아갈 시간을 계산해서 일을 진행하면서 그것부터 미리 했지요."

"좋군요."

"예. 그러고도 혹시 모를까 싶어…… 종학운의 일은 잡자마자 바로 소상히 정리해서 날렸습니다."

"그거 다행이로군요."

"예. 덕분에 꽤 복잡해지긴 하겠지요."

"그건 그럴 겁니다."

다행히도 그는 시키기도 전부터 미리 움직인 듯했다.

그것도 아주 자세하게 써서 날린 듯했다. 이 정도쯤 되면 어지간해서야 첩자들이 소식 퍼지는 걸 막을 일은 없을 터였다.

적어도 동창 내부에 첩자가 있다는 건 다들 어느 정도 인지를 하게 될 거다.

'이걸로 첩자 문제가 해결되면 좋겠지만…….'

바로 첩자들이 완전히 해결되지는 못해도, 당장은 첩자들도 조심할 게 분명하다. 죽기 싫어서라도 활동이 제한될 게다.

그걸로도 당장의 일을 막기에는 충분했다.

'나중에 가서 동창의 일에 끼게 될지도 모르겠지만.'

동창의 일은 일단은 나중이다.

일단은 첩자들을 조심스럽게 만드는 것만으로 되었으니, 중요한 건 그다음. 바로 앞에 닥친 일이었다.

송상후도 그걸 아는 듯, 동창 내부의 일로 고심하는 한편으로도 일에 의욕을 보였다. 이 일을 어떻게든 해결하겠다는 의욕 말이다.

'생각보다 괜찮은 사람이야.'

송상후를 두고 하는 운현의 생각이었다.

그는 생각 이상으로 능력이 많았다. 이런 사람이 계파 다툼에 질려 중립을 택했다고 해서, 외부에나 떠돌고 있다니.

어쩌면 동창 내부에 큰 손실이기도 했다.

'나중에 황녀 전하께 소상히 말해야 할지도……'

일이 좀 커질지도 모르겠지만, 이런 자라면 운현이 추천할 만한 자이기도 했다.

운현의 추천을 황녀가 들어줄지 안 들어 줄지는 그녀의 선택이 되겠지만, 아마도 인재를 중요히 여길 줄 아는 황녀라면 충분히 운현의 말을 들어 줄 게다.

'그 일은 후의 일이지.'

운현은 내심을 숨기면서 조심스럽게 다시 입을 열었다.

"그럼 우선은 첩자에 관한 일은 송상후 어르신에게 맡기겠습니다."

"……맡겨만 주시지요."

앞으로의 일에 관해서 운현의 말이 자세히 전해진다.

일이 일이다 보니, 전하는 시간이 꽤 길어지고 있음에도 송상후는 지치기보다는 더욱 의욕을 불태우고 있었다.

"……이 정도면 우선은 됩니다. 괜찮으시겠습니까?"

"믿고 맡겨만 주시지요. 그거면 됩니다."

"여부가 있겠습니까."

다행이었다. 송상후는 운현의 말을 잘 알아들었다.

'잘해 줘야 해.'

여기서 그가 잘해 줘야만 했다. 일개 동창 무사들 중 하나일지 모르지만, 그가 잘해 줘야 일의 진행이 쉬워졌다.

운현은 그리 생각하면서 일을 맡긴 것에 대한 안심을 했다.

물론 운현이라고 해서 송상후에게 일을 전부 맡기고 쉬는 것은 아니었다.

"좋습니다. 그럼 그 일은 맡기도록 하고 저희는 또 따로 움직이도록 하겠습니다."

"저자에 관련된 일이겠지요?"

"예."

자연스레 모두의 시선이 중년에게로 간다.

"으읍! 읍!"

아혈을 짚어 아무런 말도 못하지만, 아마 말을 할 수 있었더라면 고함을 치지 않았을까.

아주 악다구니를 썼을 게다.

눈이 시뻘게져서 운현을 쳐다보는 꼬락서니를 보아하니

아직까지도 기가 죽지 않았다.

운현에게 재수 없게 걸려서 잡히기는 했지만, 확실히 난 놈은 난 놈이었다.

'하기는 복장도 정상은 아니지.'

하고 다니는 짓도 이상한 놈이었으니, 여기서 기가 죽는 게 이상하기는 했다.

"예. 호리병 안의 액체를 알아보는 것도 좋지만…… 저자로부터 알아내는 게 더 빠를 것 같기는 합니다."

"맞는 말씀이로군요."

종학운과 정소준. 그들로부터 송상후가 여러 일들을 알아내고, 첩자들을 색출해 내는 동안 운현이 할 일이 정해진 셈이었다.

"그럼 다들 바쁠 터이니 저는 먼저 움직여 보겠습니다."

"예."

먼저 움직이는 건 송상후 쪽이었다. 그로서는 몸이 달아오르는 듯했다.

바로 일어나서 나가려는 그 순간.

"음. 어르신."

"신의님!"

잊은 것이 생각났다는 듯 다시 뒤돌아서 운현을 바라보는 송상후였다. 공교롭게도 운현도 송상후에게 전할 것이 번뜩 생각난 찰나였다.

"먼저 말하시지요."

"아, 별거는 아닙니다. 이거부터 받으시지요."

"이것이⋯⋯."

"영약까지는 아니고, 피로 회복에는 도움이 될 겁니다."

운현이 건네준 건 작은 금박에 둘러싸인 작은 환이었다.

송상후가 무리를 하고 있을지 모르니, 의원인 그답게 몸부터 챙겨준 게다. 이 상황에 약을 챙겨 주다니. 일종의 직업병일지도 몰랐다.

감사함을 느끼듯 목례를 하면서 환을 받아드는 송상후였다.

운현의 말부터 들은 송상후가 자신의 용건을 꺼냈다.

"저자로부터 알아내실 게 있으시니, 혹여 필요하시면 가져가시라 말씀드리려 했습니다."

"음. 무엇인지요?"

송상후가 가리키는 한쪽에는 두꺼운 천으로 둘러싸인 뭔가가 있었다.

안의 내용물이 많은지 꽤나 두툼했다.

운현으로서는 그 안에 뭐가 있는지 알 수가 없는 상황. 답은 바로 나왔다.

"도구입니다. 많은 걸 들을 때 사용하는 도구지요."

"……아아."

뭘 상큼하게 건네는가 싶었더니, 고문 도구였다.

하기는 마혈에 아혈까지 짚어서 제압되어 있는 주제에 악다구니를 쓰는 중년이지 않은가.

그로부터 뭔가를 얻어내려면 고문 정도는 해야 될지도 모를 일이었다.

하지만 운현은 고개를 가로로 저었다. 거부의 의사를 나타내고 있었다.

"괜찮습니다. 달리 수가 있습니다."

"흐흠…… 신의님이 뭐든 잘 시는 것이야 알지만은…… 이건 좀 다른지라……."

조금은 걱정스레 운현을 바라보는 송상후였다.

동창의 무사들을 양민들이고 무인이고 할 것 없이 두려워하는 것은 그들이 일을 하는 무지막지한 방식에 있지 않은가.

황궁의 권위를 보여주기 위해서라도 고문과 같은 일을 하는 건 예삿일도 아니었다.

'……말도 안 되는 방식이긴 하지.'

운현이 보기에는 조금 삐뚤어진 방식이기야 하지만 강제적으로라도 정보를 얻는 데는 그만한 방식은 또 없을 거다.

하지만 운현은 운현만의 방식이 있는 터다.

송상후가 무슨 의미로 운현을 걱정스레 보는지는 이미 알기는 한다.

"고문 비슷하게 다른 수가 있기는 합니다."

"흐음? 그렇단 말입니까? 신의님만의 방식이 있으시다니…… 그건 생각도 못 했습니다."

"……알고 싶어 알게 된 방식은 아닙니다만은. 요즘 상황이 그렇지 않습니까."

"그것도 그렇지요."

아마 정보를 제대로 알아낼 수 있을까 걱정스러운 거겠지.

하지만 운현은 이미 의명 의방 내부에 첩자들을 걸러내기도 하면서, 여러 가지로 알고 있는 방식이 많은 터다.

송상후가 걱정할 만큼 능력이 없지는 않았다. 되려.

'저런 도구들을 사용하는 것보다도 잔혹할지도 모르지.'

상상 이상의 방식일지도 몰랐다.

상황이 급해서 사용하기는 하지만, 운현도 좋아서 하는 방식은 아니었다.

"으읍! 읍!"

뭔가 벌어질 걸 예감하기는 했는지, 중년이 신음을 내며 여러모로 발악을 해댄다.

하지만 여기서 그를 신경 쓸 자는 아무도 없었다.

퍼억—

되려 당기재의 경우에는 시끄럽다며 한 대 날려버릴 정도였다.

"크……."

그제서야 잠잠해진 중년.

그런 그를 고깝다는 듯이 바라보던 송상후가, 이내 다시 읍을 하고서는 먼저 집무실을 벗어난다.

"으으읍!"

그런 송상후의 어깨에는 어느새 정신을 차리고 있는 정소준이 메어져 있었다.

'훤하군…….'

송상후는 아까 종학운에게도 그러했듯이 굉장히 잔혹하게 굴 것이 분명했다. 환히 빛나던 그의 눈빛이 말을 하지 않아도 확실히 알려주고 있었다.

종학운이든 정소준이든 누구든 간에 첩자질에 대한 대가를 받겠다는 의지가 느껴졌었다.

그 둘은 그에게 믿고 맡기면 될 일이었다. 그러니 그 사이 운현은.

"우리도 슬슬 움직이지요."

"그러지요."

중년을 들고서 움직이기 시작했다.

第七章
구곡간장(九曲肝腸)

구곡간장(九曲肝腸)이란 말이 있다.

흔히 아홉 번 구부러진 간과 창자라는 말로, 마음속 시름이 가득 찼을 때를 뜻하는 말이었다.

지금도 딱 그랬다.

아홉 번이 뭔가. 운현은 이미 수십 번은 시름이 쌓인 느낌이었다.

언제부턴가 일이 꼬이기 시작했고, 명의가 된다는 목표는 예나 지금이나 똑같은데 일은 점점 더 크게 벌어지고 있는 상황이었다.

역병을 치료하고 보니, 역병을 퍼트린 자들도 있는 상황이라 운현이라고 하더라도 여러모로 시름이 있는 건 당연했다.

하지만 이번에는 시름만 안고 있을 상황은 아니었다.

그동안 얻은 조사의 성과 덕분에.

"으읍…… 읍!"

얻은 자가 분명히 있었다.

투욱 툭.

물론 아혈을 풀자마자.

"죽여라! 차라리 죽여! 나로부터는 아무것도 알아내지 못할 게다!"

악다구니를 써대는 놈이기는 했다.

당장 누가 봐도 눈에 의지가 결연한 것이 운현에게 쉽게 뭔가를 가르쳐 줄 거라고는 생각이 들지 않는 상태였다.

'많이 봤지.'

운현으로서는 저런 자를 너무도 많이 봐 왔다.

특히 호북성에서는 그 누구보다 의지가 두터운 자를 자신의 손으로 죽이기도 했던 터다.

'대의를 위해서였던가…….'

그 뭔지도 모를 대의를 위해서 죽겠다고 나선 자를, 자신의 손으로 죽일 때의 씁쓸함은 아직도 그의 손에서 느껴질 정도였다.

삐뚤어졌을지언정, 그들의 의지만큼은 분명 숭고했다.

'문제는 의지만 숭고했단 거겠지.'

숭고한 의지만큼이나 제대로 된 방식을 사용했더라면, 운현도 그들을 도와줬을지도 모른다.

그들의 대의가 무엇이든 간에 한 손 보탰을지도 모른다 이 말이다.

하지만 그들은 방식이 잘못됐다. 비틀렸다.

대의를 위해서는 어떤 짓이든 하는 그들의 모습 자체가 그들이 뒤틀렸다는 증거였다.

그렇기에 눈앞의 중년이 하는 악다구니도 운현으로서는 별다른 감흥을 갖게 하지는 못했다.

앞으로 운현의 손으로 벌어질 잔혹할지도 모를 일을 막는 족쇄는 전혀 되지 못했다.

오히려.

'내 손을 더럽혀서라도 어서 처리를 해야지.'

눈앞에 저 비틀린 자를 어서 처리를 하고, 뭐든 알아내야 한다는 의욕만 북돋게 했을 뿐이었다.

운현은 차분하게 움직이기 시작했다.

"먼저 술법부터 없애지요."

"섭혼술이라도 걸려 있습니까?"

술법이라는 말에 당기재가 놀라서 묻는다. 운현은 바로

답해 줬다.

"그건 기본입니다. 거기에 금제도 걸려 있을 게 뻔합니다."

"그걸 어떻게……."

"이미 비슷한 자들을 호북에서 상대해 봤지요."

"아아……."

그 소리에 발악하듯 중년이 외친다.

"이놈들!"

하지만 상관치 않았다. 대신 운현은 그를 뒤로 뒤집었다. 그리고서는.

'몇 개의 혈만 건드리면 된다. 전보다 쉬워.'

스ㅇㅇㅇㅇ.

그의 목에 대고 바로 기운을 집어넣었다.

역시 머리 쪽의 여러 혈들에 이상한 기운들이 맺혀져 있는 것이 보였다.

금제다.

무언가를 말하게 되면 바로 죽게 만드는 금제. 처음에는 이 금제의 존재를 몰라서 몇몇의 사람을 잃기도 했었다.

하지만 이제는 아니었다.

'한 번에 처리하면 돼.'

긴장을 할 것도 없었다. 경험은 많았고, 경지는 더욱 높아졌다.

순식간에 금제를 하고 있는 혈들을 운현의 기운들이 감싼다. 금제도 느끼지 못할 만큼 아주 자연스럽게.

아니! 금제가 뒤늦게서야 느끼고 움직이지만 상관이 없을 정도였다.

운현이 더욱 빨랐다.

푸우우욱—

순식간에 어마어마한 기운들이 터지듯 움직인다.

"크윽……."

마혈이 짚인 상황에서도, 중년이 활어라도 되는 듯이 몸을 순간적으로 활처럼 꼬았다. 안 그래도 시뻘겋던 눈은 더욱 시뻘게진다.

어마어마한 고통이 느껴졌음이 분명하다.

하지만 운현은 그의 고통에 집중하기보다는 다른 것에 집중을 하고 있었다.

'제대로 봐야 해.'

온몸의 혈을 살피고 있었다. 거기에 기감을 더욱 돋웠다. 혹시라도 어느 하나 빼먹는 게 있을까 싶어 하는 행위였다.

하나씩, 둘씩.

중년의 신체에 있는 수없이 많은 혈들을 운현의 기가 휘돌아가면서 살피기 시작한다.

"후우……."

일각이나 됐을까. 운현의 손이 중년으로부터 떨어져 나온다.

"잘됐습니까?"

끄덕.

다행히도 금제는 잘 처리가 됐다. 거기서부터가 시작이었다. 어쩌면 중년에게 있어서는 아주 잔혹할 만한 시작.

*　　　*　　　*

해체할 건 전부 해체했다. 이제는 얻을 것만 얻어야 하는 상황.

"잠시면 됩니다."

고오오.

운현은 일행을 그대로 두고 운기에 들어갔다.

대주천을 한 건 아니었다. 지금 상황에서 대주천까지 하는 건 무리였다.

잘해야 소주천 정도. 하지만 그걸 하는 것만으로도 금제를 해체하면서 얻은 피로를 푸는 데는 충분했다.

그 짧은 사이.

"정리하죠."

"알겠습니다."

같이 있는 일행들은 주변을 정리하고, 자신이 할 일들을 알아서 하기 시작했다.

남궁미나 명학은 주변에 있는 인기척을 살폈다. 기감을 늘어뜨리고서는, 주변을 살핌에 게을리하지 않았다.

특히 명학이 열심이었다. 심성이 착한 그로서는 앞으로 이어질 일에 대한 거부감이 있는 건 당연한 터.

필요해서 하는 건 알고는 있지만, 적극적으로까지 나설 성격은 또 되지 못하는 명학이었다.

그렇다 보니.

'도울 수 있는 것부터 돕는다.'

자신이 하지 못하는 일에 억지로 끼기보다는, 자신이 할 수 있는 것에 집중을 하기로 한 명학이었다.

그게 주변을 살피는 거였다.

운현만큼은 아니더라도, 그도 또래에 비해서는 강한 경지에 들어선 터.

그와 더불어 남궁미가 주변을 살피니 어지간한 자가 아니고서야 이들 몰래 이곳의 일을 듣는 것은 불가능했다.

혹여나, 이제는 모습을 드러낸 지 꽤 오래된 천리지청술을 사용하는 자가 있으면 또 모르겠다.

하지만 이미 천리지청술은 거의 사장되다시피 한 무공이니 적어도 바깥에 대해서는 안심을 해도 좋았다.

북은 명학이, 남은 남궁미가 지키는 가운데.

"이것도 챙겨야 하나. 챙겨보려 하니 많군."

"으음……."

당기재나 제갈소화는 상대적으로 굉장히 바빠 보이는 상황이었다.

협동을 하는 것은 아니었다. 각자가 따로 하는 일로 바빠 보였다.

제갈소화의 경우에는 지필묵을 들고서 여러 가지를 적어가고 있었다.

'정리를 해야 해.'

지금까지 이루어졌던 일. 여기까지 오는 경로. 앞으로 알아야 할 것들. 그 외에도 여러 가지가 계속해서 쓰여져 갔다.

여인답게 고운 글씨로 수놓아져 가는 화선지였지만, 곱게 적힌 모습과는 다르게 그 내용은 확실히 무거운 것을 담고 있었다.

일행으로서는 다들 알 만한 사실들인지라, 특별하게 적힌 것은 없기는 했다.

그래도 상황이 상황인 터.

'빼먹으면 안 될 일이지.'

지금과 같은 기회는 결단코 쉽게 얻어질 수 없다는 것을 알고 있는 그녀였다.

혹여나 실수로 빼먹은 것이라도 있게 된다면, 천추의 한이 될 일이라는 것도 충분히 알고 있는 상황이었다.

그렇기에 정리를 하고 있는 거였다.

혹여나 하나라도 빼먹게 되면 그때는 생각지도 못한 결과를 불러올 수도 있는 법이었으니까.

그 누구보다 정성스럽게.

'하나씩. 차례대로.'

정리를 해 나가고 있는 그녀였다.

정갈하고, 조심스레 움직이는 제갈소화와 다르게 당기재는 부산스럽기 그지없었다.

"흐음……."

이번 일도 운현이 주력으로 나설 것은 그도 알고 있기는 했다.

하지만 그렇다고 해서 가만히 있을 상황은 아니지 않은가.

'보조라도 해야지.'

운현이 나서는 동안 뭣 하나라도 제대로 보조를 할 수 있도록, 그도 미리 준비를 하고 있었다.

'자백제로는 이만한 것도 없지.'

본초심부석(本初心腐析).

당가의 특제 비전. 자칫 잘못 사용하다가는 사람 하나를 골로 보낼 만한 자백제를 품에서 꺼내든다.

직접 복용한 바가 없기에 약을 가져 온 당기재로서도 들은 효용밖에는 모른다.

듣기로.

'가장 소중한 자라고 했던가……'

그가 아는 가장 소중한 자가 보이기 시작한다고 한다. 그도 아니라면 자기 자신도 보인다든가?

여하튼 그런 자가 눈앞에 모습을 드러내기 시작한단다. 그러곤 고해성사라도 하는 듯 자백을 하기 시작한단다.

미주알고주알. 필요 없는 것에서부터 필요한 것에 이르기까지. 아주 많은 것들을 말한단다.

거치는 것 없이 워낙 많은 것들을 말하는 덕분에, 되레 당가에서는 이 자백제를 싫어하는 자가 있었다.

약효는 확실한데, 필요한 것 이상의 많은 것들을 알려주기도 해서 그를 정리하는 것으로도 꽤 많은 일거리가 되기 때문이었다.

'그럴 만도 하긴 하지.'

어쨌거나 독을 써도 당가도 정파는 정파.

그런 정파인 당가에서 자백제를 쓴다고 하면 보통의 상황은 아닐 때 쓰는 터였다. 자고로 명분이란 게 중요한 법이었으니까.

보통 상황이 아니라 함은 당장 시급한 일일 수도 있는 터.

그런데 시급을 요하는 상황에서, 자백의 대상한테 이것저 것을 듣는다?

필요한 것도 있을 테지만, 필요하지 않은 정보들까지 거 르지 않고 듣는 것도 고역이다.

덤으로 시간도 시간대로 사라질 터인 건 당연했다.

그러니 이 자백제를 마음에 들어 하지 않는 자가 있지 않 은 게 되레 이상한 일이었다.

하지만 당기재가 생각하기에 지금 상황에서는 이만한 것 도 없었다.

'차라리 잘됐지.'

베일에 싸인 존재다.

그의 무공에서부터 시작해서, 근본도 없는 복장도 사연이 있는 듯했다.

거기다 강시까지 같이 걸려 있으니 그의 위에는 분명 뭔 가가 있었다.

또한 지금까지의 일은 결코 그 혼자서 할 수 없는 일인 터.

그런 상황에서 그 하나만 잡혔으니, 다른 이들을 잡기 위해서라도 더욱 많은 것을 알아내야 했다.

차라리 이런 상황에서는 뭣 하나 빠짐없이 미주알고주알 이야기를 하는 게 나았다.

제갈소화도 그걸 아는지 지필묵을 준비하고는, 종이를 아예 숫제 쌓아 놓기까지 하지 않았는가.

'눈치가 빠르다니까.'

당기재로서는 아주 기꺼운 상황이었다.

당장 이게 쓰일지 안 쓰일지는 모르겠지만, 쓰이게 된다면 확실히 제 몫을 할 거다.

'정말 챙겨오기를 잘했다.'

본가에서부터 가져온 것이지만, 지금까지는 전투가 주가 되었던지라 막상 쓸 일은 없었던 터다.

챙겨올 당시에도 괜히 짐만 늘리는 게 아닌가 싶었다.

어쨌거나 이런 자백제라고 하는 건, 만들기도 어려운 데다가 사용도 잘해야 뒤탈이 없는 그런 물건이었으니까.

그런데 지금으로선 이만한 것도 없으니.

'역시 세상사 알다가도 모를 일이야.'

결과적으로는 잘 가져온 게 됐다. 아주 좋았다.

물론 지금까지 여러 경험을 하게 된 당기재는 고작해야 자백제 하나를 준비했다고 해서 만족만 하고 있지 않았다.

'보자……. 고통을 주는 게 더 뭐가 있더라.'

죽이지는 않되, 죽는 것보다 더한 고통을 주게 하는 것들. 그런 것들을 그는 주섬주섬 챙겨들었다.

동시에 먹이게 된다면 온몸을 개미가 갉는 듯한 고통을 주는 것에서부터 시작해서, 구역질에 정신이 혼미해지는 거까지 많고도 많았다.

시간이 지나갈수록 그런 것들이 계속해서 쌓이기 시작했다.

시간만 더 주어진다면, 이곳에 없던 것도 새로 만들 기세의 당기재였다.

그 이름만큼이나 당가에서도 손꼽히는 기재가 그였으니, 새로운 걸 만드는 건 일도 아니긴 했다.

다만 시간이 주어지지 않은 게 아쉬울 뿐이었다.

그렇게 일행들이 모두 준비를 하는 마친 그 순간. 딱 시간에 알맞게.

"후우……."

소주천을 끝마친 운현이 눈을 떴다.

그가 주변에 있는 것들을 바라봤다.

'좀 과할 정도인데. 그래도 좋군.'

각자가 무얼 했는지 금방 파악한 운현이었다.

사실 그가 앞으로 할 것으로도 충분하다고 여기기는 했지만, 만사가 불여튼튼인 터. 준비가 많으면 많은 대로 좋았다.

특히 당기재의 것이 가장 마음에 드는 터였다.

가장 마음에 드는 건 역시 본초심부석이었다. 그걸 가리키며 당기재를 슬쩍 부르는 운현이었다.

"듣기만 하던 걸 실물로 보게 되는군요?"

"하하. 이걸 다 아셨습니까?"

운현이 알아봐준다는 게 좋았던 듯, 바로 손에 쥐면서 보여주는 당기재였다.

그에 감탄하는 운현.

"유명하지요. 감히 당가에 많은 무림 문파들이 덤벼들지 못하는 이유 중 하나 아닙니까?"

"허…… 그렇기도 하지요. 당가가 덕을 본 건 사실입니다. 덕분에 두려워하는 자들도 꽤 되죠. 압니다."

아주 약간, 당기재의 눈빛이 씁쓸하게 변한다.

본초심부석을 제외하고도, 당가에는 자백제와 관련된 것들이 여럿 있었다.

환상, 고통, 광기. 그런 여러 가지 증상들을 일으켜서 상대로부터 정보를 빼내는 것은 당가가 가진 수많은 특기 중에 하나였다.

그리고 이걸 당가는 아주 제대로 활용했다.

자신들의 가문을 건드리는 자들. 그들을 상대로 자백제를 사용하기도 했다.

그럼 효과는 좋았다.

전부는 아니었지만, 꽤 많은 자들이 자백제에 당하자마자 기다렸다는 듯이 많은 걸 불었다. 아무것도 숨김없이.

그리고 그걸 토대로 당가는 자신들이 당한 일에 대한 복수를 했다.

일벌백계(一罰百戒)라고 말을 하면서 아주 처절하게!

당가에게 감히 척을 지지 말라는 말이 나오게 된 것은 이런 자백제들의 힘도 분명히 있었다.

그래도 때로 이런 일로 많은 욕을 집어먹기도 한 당가였다.

"정파가 그래서야⋯⋯."

"아무리 그래도 정파를 표방하는 곳인데⋯⋯."

당가가 있는 사천에서는 감히 말을 하지 못하지만, 독에 더해서 이런 자백제 같은 것들을 사용하는 당가를 힐난하는 무리들은 분명 있었다.

정파라는 테두리 안에서 명분을 갖고 사용하기는 하지만, 이런 것을 사용한다는 것 자체가 너무하다는 이야기들이었다.

구파일방보다는 실용을 표방하는 오대세가 사람은 그러지 않지만, 고리타분한 자들은 이걸 가지고 꽤 많은 설왕설

래를 하곤 했다.

운현은 당가의 그런 부분을 찌른 거였다. 악의는 없었지만, 병을 준 상황. 그래도 바로 자신의 실수를 알고 약을 주는 운현이었다.

"약을 나쁜 자가 사용하면 독이 되듯, 당가는 독을 약으로써 사용할 뿐 아닙니까? 뭐든 사용하기 마련이지요."

"……그리 생각해 주신다면야. 이해해 주셔서 감사합니다."

다른 이도 아닌 운현의 말이다.

비록 운현이 먼저 이야기를 꺼낸 것이긴 하지만, 지금에 이르러서 운현은 당기재에게 꽤 많은 영향을 주는 바였다.

그런 운현이 당가를 인정하는 말을 했으니, 당기재의 기분이 풀어지는 것도 순간이었다.

하기야 당기재가 보기에 앞으로 운현은 그 누구보다 무림이든 중원 전체든 할 것 없이 중요한 인물이 될 터.

무리도 아니었다.

그렇기에 일행들도 아무런 말을 하지 않고 있는데, 끼어드는 자가 있었다.

사람이 여럿 모이면 바보 하나쯤은 생긴다고 하더니, 분위기 파악도 못 하는 자는 분명 있었다.

"크흐. 제 놈들끼리 말이 많구나."

사로잡은 자였다.

일행으로서는 아직 이름도 모르는 자이지만, 성격 하나는 괴팍하다는 건 확실히 알았다.

누가 봐도 그는 정상은 아니었다.

'자기 몫은 톡톡히 하는군.'

게다가 지금 끼어드는 상황만 봐도, 그가 정신줄을 반쯤 놓은 것은 파악이 되는 바였다.

가만있어도 모자랄 판에 툭하고 끼어들어서 덤비듯, 비난을 하는 것도 웃기지 않은가.

보아하니 운현이 소주천을 하는 사이에 정신을 차린 듯한데, 일어나자마자 하는 것이 비난인 것도 재주라면 재주였다.

그 모습에 제갈소화가 끼어 보지만.

"당신은 당신 처지를 모르는 듯하군요."

"뙛. 계집년 따위가 어딜 끼느냐."

"……휴우."

제정신이 아닌 것만 더 확실히 알 수 있었다.

어째 입은 옷의 바탕은 승려의 복장이건만, 하는 짓은 불심 깊은 승려들과는 확연히 달랐다.

처음 볼 때부터 승려라기보다는 파계승부터 떠오르는 것에 이유가 있었던 게다.

'……외모가 전부는 아니라지만.'

하는 짓을 보면 딱 이상한 복장과 통일성 없이 흉측한 외모에 딱 어울리는 짓을 하고 있었다.

다른 이들은 몰라도 확실히 저자는 자기 외모 몫(?)을 하고 있는 자였다.

어쨌거나 마침 잘됐다. 금제를 제거하느라 힘이 쭉 빠진 줄 알았더니, 생각 이상으로 잘 버티고 있지 않은가?

"생각보다 팔팔한 듯하니 바로 시작해도 문제는 없겠습니다."

하는 것을 보아하니 다소 거친 방법을 써도 찔릴 것이 없는 상황이었다.

"……제가 봐도 그게 좋을 거 같네요."

계집년이라는 말을 들은 제갈소화도 마찬가지의 생각에 선지, 전보다 더 적극적으로 나서기 시작했다.

第八章
참을성

　사내는 기세등등했다.

　노회한 음성에서 자신감이 흘러넘쳤다. 기운이 펄펄 나는 느낌이었달까.

　금제가 제거되는 걸로 모자라 성질머리를 제어하던 것도 제거가 된 느낌이었다.

　거기다 어째 하는 소리가.

　"헹…… 제깟 것들이…… 어딜 세상을 겪어봤다고."

　"……당신 같은 자를 꼰대라고 하지요."

　"뭐? 어딜 그런 어쭙잖은 소리를!"

　"어디 한번 겪어볼 만큼 겪어본 자가 어디까지 버티는지 보지요."

과거 운현의 전생 시절에도 있었던 누군가들이 생각나는 그런 말투였다.

자기 홀로 세상을 다 안다는 듯, 주변을 탓하고 오지랖이나 부리는 딱 그런 말투였다.

'예나 지금이나······.'

하여간 운현으로서는 이런 자들은 세상과 시대를 불문하고 있다 싶은 느낌이었다.

그래도 차라리 잘됐다. 이런 자들이 되레 밑바닥이라고 하는 게 쉽게 드러날 때가 있었다.

운현이 지금부터 할 일은 그 밑바닥을 빨리 끌어내는 것으로 족했다.

쒜에엑.

그의 손이 공기를 가르고 쏘아져 나간다.

신호도 없이, 바로 들어간 한 방. 생각지도 못한 한 방이었다.

"억······."

순식간에 신음을 삼키는 중년인. 그로서는 운현이 이런 식으로 한 대 먹일 거라곤 생각도 못 한 듯했다.

"킬. 본색을 드러내는구나!"

고통스러움에 자신도 모르게 몸을 떨면서도 중년은 잘도

주절거렸다.

신호도 없이 한 방부터 날린 운현을 조롱하기까지 했다.

"정파인이라는 게 다 그렇지. 겉으로야 깨끗한 척을 다 하지만, 자기들끼리만 있으면 이렇게 본색을…… 억!"

한껏 조롱을 하려는 그 순간.

퍼어억.

운현의 한 방이 다시 들어간다. 하지만 이번엔 이게 끝이 아니었다.

"좀 시원할 거다."

연타였다.

퍼어억. 퍼억. 퍽.

운현은 쉬지도 않고 계속해서 주먹을 날렸다.

연이은 연타. 고수인 운현답게 한 호흡에 쉬지도 않고 계속해서 주먹을 날려댔다.

"크어억."

사정없는 연타에 고통을 표하는 중년이었다.

얼마나 지속됐을까.

시간이라는 게 상대적이듯, 고통스러우면 고통스러울수록 시간은 더디게 갈 수밖에 없었다.

그런데 어째 뭔가 이상했다.

"크으읏……."

중년은 고통스러워하면서도, 점차 얼굴에 화색을 띠기 시작했다.

맞는데 화색을 띠다니? 맞으면서 희열을 느끼는 극소수의 취향이 있다던데, 설마 이 중년도 그러한 것일까?

말도 안 되는 취향이었다. 하지만 실제로 맞을수록 중년은 화색을 띠기 시작했다. 그게 현실이다.

그 모습이 꽤 소름끼치는 모습인지라.

"으......"

어지간한 일에는 신음도 삼키지 않는 남궁미가 자신도 모르게 신음을 삼킬 정도다.

"으음......"

"중원은 넓다지만......"

뒤를 이어 당기재나, 명학도 자신도 모르게 신음을 삼킨다.

그들로서도 지금의 상황이 어이가 없기는 매한가지였던 것이다. 정말 당황스러운 그런 상황.

맞는 쪽은 분명 중년인데, 되레 일행이 고통스러운 신음을 삼키는 상황이 그려진다.

이쯤 되면 운현도 중년이 화색을 띠는 걸 보고는 멈출 법도 했다.

중년으로부터 정보를 얻어내려면, 중년이 고통스러워야

할 터.

그런데 되레 맞으면 맞을수록 화색이 좋아지고 있는 상황이니, 그만둬야 하는 게 맞지 않겠는가?

고통을 주려고 시작을 했는데도, 상대가 좋아하는 걸 해줘서야 뭔가를 얻어 낼 수 있을 리가 없었다.

가장 가까이에서 발길질과 주먹을 날리고 있는 운현이 그걸 가장 잘 알 텐데도.

"……."

그는 신음 하나 삼키지 않은 채, 되레 더욱 열을 올리면서 연타를 날려댔다.

퍼어억. 퍼억.

그 매서움이 보통이 아니었지만, 역시 그걸 맞는 중년은.

"크흐…… 손맛이 별로 없구나?"

화색을 띤다. 되레 몸 상태가 전보다 더욱 좋아지기 시작한 듯 맞아서 고통을 표하면서도 이죽거림을 멈추지 않았다.

"킬킬. 더 해 보거라. 고작해야 이래서야…… 어디 신의라고 불리겠느냐?"

퍼어억.

"흐으…… 약하구나. 약해. 아까 공력이 다 했더냐?"

갈수록 더 이죽거림이 심해졌다.

'말려야 하나.'

그걸 가만 지켜보던 일행으로서는, 이 어이없는 상황을 말려야 하나 생각을 하게 될 정도였다.

당장 중년에게 고통도 주지 못하는 채로, 공격만 계속해 봐야 운현의 힘만 빠질 뿐, 성과가 없다고 본 것이다.

성과가 있어야지, 이래서야 상대측에 좋은 일(?)만 해 주는 꼴이 되지 않는가.

"어흠……."

가장 먼저 헛기침을 하면서 나서는 쪽은 명학이었다.

어지간해서는 나서는 일이 없는 그였지만, 지금의 상황 만큼은 도무지 견디기가 힘든 듯했다.

하기야 무당에서 무공 수련 외에 해본 것이라곤 무당의 바탕인 도에 대한 공부가 다인 명학이었다.

무림 활동을 하면서 전보다 경험을 많이 쌓기는 했다지 만, 여기 있는 일행들에 비하면 백면서생이나 다름없는 그 아닌가.

그런 그로서는 작금의 상황을 버텨내는 게 가장 고역일 지도 몰랐다.

평소라면 운현이 무슨 생각이 있겠거니 하고 움직이는 명학을 말렸을 일행이지만.

"큼큼……."

"음……."

이번만큼은 당기재나 남궁미나 말릴 생각이 없어 보였다.

퍼어억. 퍽.

"킬…… 쓸데없는 짓."

그저 저 고역인 상황을 명학이라도 나서서 어서 처리를 해 줬으면 하는 상황인 듯, 협조적으로 길까지 터주는 두 남녀였다.

"……운현…… 음?"

충격적인 상황으로 어지간히 떼어지지 않는 입을 떼려는 그 순간.

"……안 돼요."

혹여나 운현의 집중이 깨어질까, 아주 작게 말을 건네면서 명학의 팔을 잡아채는 제갈소화가 있었다.

그녀의 속뜻까지 알 수는 없어도, 겉으로 드러난 바는 명확했다!

쓸데없는 짓(?)을 하는 운현을 막으려는 명학을, 그녀가 다시 막은 상황.

너무도 어이없는 상황인지라.

'설마…… 그런 데 취향이…….'

당기재가 되도 않는 쓸데없는 생각까지 할 정도였다.

지금 상황에 면역이 거의 없는 당기재로서는 이상한 상상만이 들 뿐, 제갈소화가 명학을 말리는 것이 도무지 이해가 가지 않았다.

이상한 취향(?) 외에 명학을 말릴 만한 이유가 또 어디 있겠는가!

다들 이상한 눈으로 제갈소화를 바라본다.

그나마 남궁미는 그녀와 오랜 시간 함께 보내왔기에, 믿음이 두터워서 좀 낫기는 했다. 그래도 당기재나 명학은 꽤 멍한 표정을 지었을 정도다.

하지만 그녀는 꿋꿋했다.

"……왜 그러십니까? 저런 쓸데없는 짓은 어서 말려야……."

"잘 살펴보세요."

명학이 대체 왜 이러느냐 묻는 그 상황에서도 그녀는 흔들림이 전혀 없었다.

되레 답답하다는 듯 명학에게 잘 살펴보라고 말을 했을 정도였다.

"으음……."

운현과 중년의 저 이상한 놀음에 끼고 싶지 않은 명학으로서는 다시금 보기가 싫은 상황!

명학은 어서 둘을 말리고 싶을 뿐이었다. 한쪽이 죽어라

연타를 날리는데, 다른 한쪽은 그걸 즐기는(?) 상황을 결코 정면으로 또 직시하고 싶지는 않았다.

하지만 제갈소화의 표정이 단호했다. 꼭 봐야만 한다는 표정이었다.

'어쩔 수 없나……'

이대로는 안 될 상황.

지금까지 봐온 바로 제갈소화의 고집이 어지간히 강한 걸 아는 명학으로서는,

"후우……."

한숨을 크게 내쉬며 그녀의 말을 따를 수밖에 없었다.

고개를 돌린 명학의 눈에는.

퍼어억. 퍽.

운현은 여전히 연타를 날려대고, 그걸 시원하다는 듯 받아내는 중년만이 비칠 뿐이었다.

'고역이군……'

그가 보기에 집중을 할 필요나 있을까 싶은 상황. 하지만 뒤이어지는 그녀의 말에는!

"저거, 익숙하지 않으세요?"

"으음……."

그도 눈을 크게 뜰 수밖에 없었다. 놀람의 의미에서였다! 익숙함이라니.

'저런 게 익숙할 리가…….'

음이 있으면 양이 있고, 양이 있으면 음이 있으며, 오행에 조화가 있다는 걸 배워 온 명학이기는 했다.

다른 곳은 어떤지 모르겠으나, 적어도 무당은 조화를 중시했고, 이해라는 걸 중시했다.

세상만사에 모두 이유가 있으니, 자신이 이유를 모를지언정 이해하라는 말을 그의 스승인 도장으로부터 수도 없이 들었던 바였다.

해서 이해심만큼은 그 누구보다 깊다고 자부를 하지만.

'역시 안 돼…….'

저런 취향에는 적응을 할 수가 없었다. 거기다 익숙할 수도 없었다. 아니 익숙할 리가 없지 않은가? 저런 것에 익숙해서야 무당의 제자도 못 됐을 거다.

저런 취향은.

'색마…….'

그래. 다른 무엇도 아닌 색마들이나 익숙해질 만한 그런 일이었다.

어지간히 더러운 일을 다 하는 사파라고 해도 저런 것에는 익숙하지 못할 거다.

정종 무공을 익히고, 정파인으로서 자부심을 가지고 있는 자신은 더더욱!

그런데도 제갈소화는 계속해서 강요를 한다. 또한 묻는다.

　"분명히 익숙하실 텐데요?"

　"저, 저는…… 저런 것엔……."

　이제는 당황해서 약간이지만 말까지 더듬기 시작하는 명학이었다.

　도무지 이런 것에 면역이 없던 그로서는 계속해서 몰아붙이는 제갈소화를 이겨낼 방안이 없었다.

　그저.

　'우, 운현에게 제갈소저를 다시 생각해 보라고 하는 것도…….'

　내심 제갈소화와 운현을 응원했던 명학이었으나, 그녀의 취향이 이런 쪽(?)이라면 다시 생각해 보라 말하는 것도 심각하게 고민을 할 정도였다.

　다시 말하지만 그는 이런 면에는 순백에 가까운 터라, 도무지 버텨낼 재간이 없는 상황이었다.

　하지만 같은 여자는 다른 것일까?

　지금 상황을 주시하라는 제갈소화의 말에, 운현과 중년을 가만 바라보던 남궁미!

　"아……."

　그녀는 뭔가 깨달은 듯했다.

아까 얻었던 충격이 아직 다 가시지 않은 듯하기는 하나, 그래도 제갈소화가 집중하라는 그 의미를 확실히 알 게 된 것 같았다.

눈치가 빠른 그녀다웠다.

웃기게도 평상시 눈치가 빠른 순서대로 상황을 이해하는 것이 됐다.

"으음…… 그런 거였나."

제갈소화나 남궁미의 상황을 보아하니, 운현이 쓸데없이 움직이는 건 아님을 파악하게 된 당기재.

그도 한참 살피다 그제서야 운현이 뭘 위해서 그리 열심히 손과 발을 놀리는지를 깨달았다.

"……대체 뭐요?"

마지막까지 깨닫지 못하는 쪽은 명학. 다행히도 당기재는 설명을 바로 해줄 줄 알았다.

"뭐가 익숙하다는 건지 알겠소이다. 저것. 추궁과혈이요?"

"추궁과혈? 하……."

추궁과혈.

흔히들, 나이 많은 스승들이 어린 제자들을 위해서 행해주는 일이었다.

다만 추궁과혈 자체에 많은 내공이 소모된다. 혈을 짚는 것이기에 피로도도 상당한 편.

그렇기에 어지간히 제자에 애정이 있지 않고서야 하지 않는 게 추궁과혈이었다.

다행히도 운현이나 명학 형제는 그들에게 애정을 쏟아붓는 존재가 하나 있었다. 바로 그의 아버지였다.

무림에서 알아주는 고수는 못 돼도, 자기 몫을 할 줄 아는 그네들의 아버지는 그들을 위해 추궁과혈을 해 주곤 했다.

아이들의 교육에 국주의 일을 병행하다 보면 그 피로도가 상당할 것이 분명함에도, 거의 매일같이 해 주었다.

덕분에 운현이 그 어린 나이에서부터 학대에 가까운 수련을 버틸 수 있었다.

명학만 하더라도 운현만큼 나이가 어릴 적에는 아버지가 해주는 추궁과혈 덕분에 버틸 수 있던 게 사실이다.

무뚝뚝하기만 한 아버지의 표현. 아버지의 부정이었던 그 추궁과혈이 없었더라면 명학이나 운현이 지금의 자리에 오르기 힘들었을 수도 있다는 건 누구도 부정 못 할 사실이었다.

'익숙할 거라더니.'

그렇기에 제갈소화가 말했던 익숙할 거라는 말이 지금에서야 무슨 의미인지 깨달은 명학이었다.

다른 이들은 몰라도 적어도 아비의 애정을 한없이 받아왔던 그들은 누구보다 추궁과혈에 익숙할 수밖에 없다.

그런데 뭔가 이상했다.

'……뭔가 다르다.'

하나를 해결하니 다른 하나의 궁금증이 생겨났달까.

추궁과혈은 분명 그에게 익숙한 것인데, 운현이 행하고 있는 추궁과혈은 그가 아는 추궁과혈과는 달리 이상했다.

다소 고통스럽기는 해도, 분명 혈을 풀어주는 데 도움이 되는 게 추궁과혈.

거기까지는 운현이 하는 추궁과혈도 마찬가지인 건지.

"킥킥……."

중년은 분명 처음 조금 고통을 표한 것을 제외하고는 되레 좋아했다. 운현을 비웃기까지 했다.

나중에 가서 자신도 이상한 것을 깨달아.

"지금에 와서 용서라도 빌겠다는 것이냐? 아님 미치기라도 한 게로구나?"

신의가 미쳤느니, 사실 신의라 불리는 놈이 정신병자라느니 별의별 말을 다 해댔다.

듣는 사람의 신경이 몇 번은 거슬릴 정도로 악다구니를 써댔다.

그런 악다구니를 들으면서도, 운현은 일행들에게 설명하

는 것도 없이 묵묵히 그 괴이한 추궁과혈을 계속해 나갈 뿐
이다.

일행으로서는 대체 저 추궁과혈이 뭔가 싶었다.

딱 집어서 뭐가 이상하다고는 말하기가 어려운데, 뭔가
달랐다. 효과는 점차 드러나기 시작했다.

"으음…… 음?"

아득바득 악다구니만 쓰던 중년. 그의 표정이 뭔가 변했
다.

"어억……."

고통, 아니면 환희? 알 수가 없었다. 뭔지 모를 미묘한
표정을 지었다. 그러더니.

"대체 무슨 짓을 한 거냐! 쿳……."

뭔가를 참는 듯 신음을 삼키는 듯 보였다가,

"흐으으……."

그러다가 다시 신음을 내뱉기 시작했다. 이번엔 진짜였
다. 뭔가 느끼는 게 있는 듯, 미묘하게 얼굴까지 붉어지기
시작했다.

과히 보기 흉한 모습!

그래도 아까 전 본 게 있어서 면역이라도 생긴 걸까?

그 순진한 명학마저도 얼굴을 붉히거나, 운현을 말릴 생
각을 하기는커녕 되레 집중을 하면서 중년을 봤다.

'뭔가 있다.'

중년에게 이상한 취향이 없는 건 확실한 상황.

그런데 뭔가 변화가 일어나기 시작했다는 것은 운현이 하는 추궁과혈에 괴이한 효과가 있음이 분명했다.

일반적인 추궁과혈과 다른 무언가가 분명 있었다.

"대체…… 뭘까요?"

가장 먼저 조심스레 묻는 건 제갈소화였다.

차마 운현을 방해하지는 못하지만, 자신의 궁금증 정도는 풀고 싶었던지 일행에게 조심스레 이야기를 꺼내는 그녀였다.

"저 추궁과혈에 뭔가 있는데…… 으음…… 추궁과혈이란 게 비법이 다 다르기는 하니…….."

기혈을 풀어주고, 어혈을 잡아주기도 하는 것이 추궁과혈.

제갈소화의 말대로 가문마다 비법이 다르기도 하고 효용이 다르기도 다 다르다.

그래도 명가일수록 비법이 쌓이다 보니, 더욱 뛰어난 추궁과혈을 할 줄 아는 경우가 많았다.

하류의 가문이거나 제대로 된 무공이 없는 경우에는 추궁과혈을 아예 안 하는 경우도 많았다.

혹 기혈을 잘못 건드렸다가는, 기혈을 풀어주기는커녕

엉키게 할 수도 있다 보니 아예 사용을 않는 거다.

그래도 운현의 가문은 무당의 속가제자 출신인 그의 할아버지로부터 시작된 가문인 덕분에 적당한 수준의 추궁과혈은 할 줄 알았던 거다.

아주 뛰어나지는 않더라도 근본이 무당에 있다 보니 할 수 있었던 거였다.

헌데 아무리 봐도 이건.

"가문의 것과 다릅니다. 뭔가를 운현이 바꾼 거 같기는 한데……."

명학이 보기에도 가문의 것과는 다르다.

분명 기본은 가문의 것에 있다. 하지만 묘하게 다르다. 손짓과 기감으로 느껴지는 기의 운용에 뭔가가 있었다.

'추궁과혈뿐이라면 저런 식으로 복잡하게까지 기를 움직일 필요가 없을 터인데…….'

추궁과혈. 그 이상. 일행이 알지 못하는 뭔가를 하고 있는 거다.

퍼어억. 퍽.

일행의 궁금증과 상관없이 운현은 계속해서 손을 날리고 있었다.

반응은 더욱 심해졌다. 뭔가를 참듯이 얼굴까지 붉히던 중년이 이제는 몸을 부르르 떨기까지 했다.

뭔가 느끼는 건가 싶었지만 그도 아니었다.

"으으으. 무, 무슨 짓을 한 것이냐. 크흐……."

이제는 고통을 표하기 시작했다.

그게 점점 더 강해졌다. 몸을 떠는 게 강해졌고, 신음이 더욱 깊어졌다. 누가 봐도 고통스러워하는 신음이었다.

추궁과혈 자체가 힘들 수 있기는 하다. 초반에는 분명 힘들다.

하지만 받으면 받을수록 시원해지기도 하는 게 추궁과혈이다. 적응을 하고 나서부터는 되레 기혈이 안정되면서 더욱 몸이 좋아지는 것을 느낄 수 있다.

그런데 고통이라니?

분명 괴현상, 아니 기사가 일어나고 있었다. 일행으로서는 알 수 없는 어떤 일이!

그런 짓을 함에도 운현은, 땀 하나 흘리지 않으면서.

'곧 끝이다.'

자신이 하는 일에 집중을 하고 있을 뿐이었다. 계속해서.

第九章
기사(奇事)의 끝!

추궁과혈은 한참의 시간이 지나고 나서야 끝이 났다.

시간 자체로는 짧았지만 긴 느낌이었달까.

일행 중에 가장 침착한 성격이지만 이번만은 어쩔 수 없었던지 명학이 나서 물었다.

"대체 어떻게 된 연유냐? 가문의 것과 다른 데다가……저자의 상태가 도무지 정상이라고 보기엔 이상하구나."

명학의 말대로였다.

"흐으으으……."

침을 걸쭉하니 흘리고 있는 중년의 상태는 분명 이상했다.

자기 자신이 제어가 되지 않는지, 실실 웃기도 하는데 아예 미친 게 아닌가 싶은 모습이었다.

누가 봐도 정상은 아닌 상황이었달까.

그러면서도 그도 궁금증이 있었던 듯하다. 중년도 나서 외쳤다.

"대체 이게 뭐냐! 뭐냐고!"

아까보다 더한 악다구니를 써가면서 자신의 상태가 이상함에 대한 물음을 계속해서 던진다.

하기야 자기 몸 아닌가.

자기 몸이 이상한 상태로 가게 되었는데, 그게 궁금하지 않다면 더욱 이상한 일이었다.

"크으윽."

"……."

답을 해줄 법도 한데 운현은 신음을 하는 그에게 다가가 가만 맥을 잡을 뿐이었다.

고오오—

순식간에 기가 들어간다. 다시금 추궁과혈이라도 하려는 걸까? 아니면 아직 제거하지 못한 금제라도?

그 어느 쪽도 아니었다. 대신.

"크흐……."

기가 들어가자마자 중년은 고통을 표했다. 몸을 더 벌벌 떨어댔다. 마치 독이라도 들어온 듯이!

"……크아아악!"

강도는 더욱 강해졌다. 고통스러운 듯 몸을 뒤트는 게 심상치 않았다.

그제서야 운현은 기를 불어넣기를 그만뒀다.

만족스러운 듯 고개를 끄덕이기까지 했다.

"크흐으……."

고통의 후유증이 남은 듯 중년은, 운현이 떨어지고 나서도 한참을 부들부들 떨어댔다.

뭔가 일어난 건 아주 확실했다.

"대체 뭘 한 것이냐?"

가장 먼저 물은 건 명학. 안 그래도 몸이 달아올랐었던 그다. 이번 물음만큼은 답을 얻고 싶어 하는 것이 보였다.

그에 대한 운현의 대답은.

"감각을 강화시켜 줬을 뿐입니다."

"감각을 강화해? 설마…… 오감을 강화했다는 거냐?"

"비슷한 겁니다."

추궁과혈을 통해서 기혈을 풀어 준다.

최상의 상태가 된 혈도는 그 어느 때보다 크게 맥동을 할 수밖에 없다. 강한 피로도 순식간에 풀어 줄 정도다.

하지만 뭐든 적당해야 하는 법이다.

기혈을 풀어주는 것 그 이상. 정상적으로 맥동하는 것 이상으로 혈도를 건드리게 되면?

그럼으로 말미암아 흔히 말하는 오감이라는 것이 평소보다 몇십 배는 더 강해지게 되면?

'고문이나 다름없게 되지.'

후각. 흔히 악취도 계속해서 맡다 보면 적응을 하게 된다. 하지만 혈맥이 강화되고 코가 적응을 못 하게 되면 어찌 될까?

악취는 끊임없이 나게 된다. 그런 악취가 수십 배 강하게 계속해서 느껴지게 된다면?

그건 고문이다! 어마어마한 고문!

후각만으로 끝이 아니었다.

촉감도 마찬가지이며, 청각도 수십 배 크게 들리게 되면 고막이 터짐은 물론 그것도 고문이 된다.

살면서 평상시 오감으로 겪는 그 모든 것이 수십 배 확대가 된다면 결국 그건 고문이 될 수밖에 없다.

그리고 그런 오감이 버틸 수 없을 만큼 강하게 강화되면 그건 결국.

'모든 오감이 고통을 느끼는 상황이 되지.'

모든 오감이 고통을 느끼기 위한 감각이 되는 것이나 다름없게 된다.

냄새를 맡는 후각이 고통을 느끼면, 그것도 결국 통각 그 자체가 되는 것이나 다름없지 않은가.

흔히 통각을 곧바로 느끼게 하곤 하는 촉각도, 만져지는 모든 것이 고통으로 변화하면 그조차도 결국 통각이다.

나머지는 더 말할 것도 없었다.

'그나마 청각은 남겨 놨지…….'

중년으로부터 얻을 것이 있어 청각은 특별히 줄였다지만, 나머지는 강화됐다.

어쩌면 지금의 중년은 삶 그 자체가 고통일 수 있었다. 느끼는 모든 것이 고통이니 왜 아니 그러하겠는가?

운현은 그런 상태를 만들어댔다.

추궁과혈을 조금 변형시킨 것으로. 상대가 조금 더 과하게 감각을 느낄 수 있게 만드는 것만으로도 결국 그건 고문이 돼 버렸다.

그 어떠한 것보다 잔혹한, 아주 대단한 고문이!

다른 이도 아니고 오직 운현.

오감에 대해서 다른 이들보다 지식이 많으며, 기감마저 강화됐고 의술과 무공 둘 모두에 통달한 그이기에 할 수 있는 방식이었다.

운현에게는 쉬우나, 다른 이들은 엄두도 못 낼 그런 짓을 잘도 해 버렸다.

그 설명을 들은 일행의 표정은 아연함 그 자체였다.

"……그런."

"생각지도 못한 방법이군요."

"허 참……."

특히나 당기재가 가장 놀람을 표했다.

"가문에도 비슷한 생각을 한 자가 있긴 하지만…… 이건 상상 이상이구려."

"그렇습니까?"

"고통을 주는 게 곧 독이라면, 오감으로 고통을 주는 독은 명독(名毒)일 수도 있다는 것에서 착안한 겁니다. 결국 실패를 했소만……."

운현도 되려 놀랐다.

'대단하군…….'

독에 미쳐 있는 가문이란 건 들었지만, 이런 식으로 오감을 이용한 독도 생각을 했었다는 게 중요했다.

뭐든 처음 생각을 하고, 상상을 하는 것이 어려울 뿐이다.

일단은 생각과 상상을 하면 어렵기는 해도 언제고 이뤄질 수도 있는 일이었다.

전생에도 그렇지 않았나.

사람은 날기를 원했고, 결국 꽤 오랜 시간이 걸려서 나는

데에 성공을 했었다.

이도 마찬가지.

'당장은 어렵다고 말했지만……'

당가에서도 당장은 독을 만들어내지 못한다고 하더라도, 언제고 오감에 관련한 독을 만들어 냈을 수도 있는 일이었다.

비록 그게 지금은 아니라고 하더라도 언젠가는 말이다.

다만 운현은 그걸 독이 아니라, 추궁과혈을 이용한 의술과 무공의 결합으로 만들어냈을 따름이다. 당가보다 조금 더 먼저일 뿐이랄까.

그걸로도 물론 대단하기는 하지만,

'지금의 중원에서 저런 생각이라……'

독을 이용해서 뭐든 해내려고 하는 당가의 방식도 확실히 대단한 발상이었다.

이런 식으로 계속 발상을 해내고, 독을 발견하고 만들어낸다면 언젠가 당가는.

'천하제일의 가문이 될지도 모르지……'

지금에야 오대세가의 반열에 겨우 들어가는 세가일지 몰라도, 언젠가는 정말 최고의 가문이 될 수도 있는 일이었다.

운현으로서는 천하제일의 세력이 될지도 모를 가문의 일면을 본 느낌이었다.

하지만 당장은 그들의 놀람과는 상관없이.

"으으으…… 크흐……."

존재 그 자체가 고통스러운 듯, 끙끙 앓아대는 중년이 중요했다.

미친 듯이 악다구니를 쓴 것이 언제냐는 듯 기가 팍 죽어 있었다. 고통이 그를 조금씩 깎아가고 있는 것이다.

하기야 느껴지는 모든 것이 통각이라니!

상상만 해도 두려운 일이다. 그래도 아직은.

'눈이 살아 있다.'

대단했다. 지금 상태에 이르러서까지도. 눈이 시뻘게지고서도 중년은 아직 버틸 의지가 있다는 듯 눈이 빛나고 있었다.

어쩌면 진정 목숨을 잃을 때까지도 어떻게든 버티겠다는 저 빛은 꺼지지 않을지도 몰랐다.

'저런 자들이 가장 위험하지…….'

호북에서 저런 눈빛을 여러 번 겪었던 운현으로서는, 저런 자들의 의지가 얼마나 대단한지를 알았다.

하지만 운현의 준비도 이것으로 끝은 아니었다.

스윽.

품에 슬쩍 손을 집어넣는 운현. 그의 손과 함께 나오는 것은 의방 사람들에게는 익숙했다.

침이었다.

참침(鑱鍼), 원침(圓鍼), 시침(鍉鍼), 봉침(鋒鍼)…… 대침(大鍼)까지.

여기에 그의 배움과 비법, 의방의 의원들로부터 얻어낸 침까지 더하게 되면 꽤나 많은 수의 침이 그의 품에서 나온 셈이었다.

그중에서도 운현은 딱 중간 정도 되는 시침을 꺼내들었다.

특이한 게 있다면 이 시침은 다른 것들에 비해서 두꺼웠다. 마치 미리 준비한 것처럼.

'이러려고 준비한 것은 아니지만…….'

고통 없이 꽂아 넣는 것이 침이라면, 저 시침은 누가 봐도 고통스러울 만한 침이었다.

본래는 침술의 용도라기보다는 울혈이나 종기 같은 것을 제거하기 위해 운현이 편의상 만들어낸 침이나 다름없었다.

보통 쓰는 도구가 아닌 그의 손에 딱 맞춰 제작된 도구라 봐도 무방했다.

그냥 찔려도 고통스러울 것이 뻔했다.

할 때는 해내는 운현은 그런 걸 잘도 뽑아들었다.

"네놈!"

그가 뭘 하려는지는 명백했다.

중년으로서는 상상도 못 할 고통이 닥쳐들 게 뻔했다.

그걸 아는지 몸을 뒤틀어 보면서 발악을 해 보지만, 마혈이 짚인 몸으로 지금 상황을 벗어나는 건 불가능에 가까웠다.

운현이 한 걸음 한 걸음 다가선다. 그 한 걸음이 중년에게는 사신의 발걸음과 같았을 게다.

"……."

말없이 바로 내질러지는 침.

푸우욱.

"크아아아악!"

손가락만 한 침이 꽂혔을 뿐이지만, 그 무엇보다 강한 침이 꽂힌 듯 고통을 표하는 중년이었다.

"……사혈? 아니…… 아닌데."

남궁미의 말대로 사혈은 아니었다. 다만 사혈에.

"가깝군요…… 그것도 굉장히요. 일부러 피한 걸 겁니다."

당기재의 답처럼 일부러 가까이 찍어 눌렀을 뿐이다.

"지금 상태에서 사혈에 꽂아버리면 그대로 죽겠죠."

"예. 때로 사람은 쉽게 죽기도 하지 않습니까. 그대로 충격으로 죽을지도 모릅니다. 지금 상태라면요."

다들 상황을 쉽게 이해하고 있는 듯했다.

처음 보는 추궁과혈 때만 해도 호기심이 가득했던 일행이 었지만, 그 뒤의 단순한 상황을 파악하지 못할 만큼 멍청한 사람은 여기 없었다.

단숨에 상황을 파악하는 것으로도 모자라, 분석까지 해 낸다.

그런 일행의 말과는 상관없이 운현은.

"……."

여전히 침묵을 유지한 채로 자기 할 일만을 한다.

푸우욱. 푸욱. 푸우욱.

"크아아아아악."

중년이 고통스러워 몸을 비비 꼬아대는 와중에서도 잘도 원하는 곳에 침을 꽂아댄다.

하기는 아무리 비틀거린다고 해도 혈이 찍힌 상태다. 움 직임에 제한이 있을 수밖에 없었다.

병으로 고통스러워하는 환자들을 상대로 침을 꽂아 치료 를 해 왔던 운현으로서는, 이 정도의 뒤틀림이야 별다른 방 해도 아니긴 했다.

여기서 원하는 바대로 침을 꽂지 못해서야, 지금까지 쌓 아 온 경험이 아까울 정도다.

'……다 됐군.'

무려 열 개.

팔다리 몸통이고 할 것 없이 드러난 신체 곳곳에 침을 박아 넣는 데에 성공한 운현이었다.

"크으으…… 크으……."

시간이 지나 그나마 충격이 조금 가셨을까.

고통을 표하면서도, 몸을 뒤트는 것까지는 하지 않게 된 중년이었다. 하지만 이미 몸의 온 구멍에서 나올 것은 다 나왔다.

눈물, 콧물은 물론이고 그것으로도 모자라서, 지리기까지 했다.

자신이 원해서 저리한 것은 분명히 아니었다. 원할 리가 없었다. 너무도 고통스러운 나머지 자신도 모르게 나왔을 뿐이다.

"차라리 주, 죽여라……."

명예에 죽고 명예에 산다는 무인 아닌가. 중년도 해괴한 짓거리를 하고 다닌다지만 무인은 무인이다.

일행이 보는 앞에서 지리는 경험이란 그로서는 상상도 못할 정신적 충격일는지도 몰랐다. 차라리 육체보다 정신이 더 고통스러울지도 몰랐다.

하지만 운현은 당당했다. 어쭙잖은 위로를 하지도 않았다. 죄책감도 없었다.

'이자가 역병을 일으킨 자 중에 하나라면…….'

운현의 입장에서는 어차피 죽을죄를 지은 자였다. 그런 자를 상대로 죄책감을 느낄 만큼 그는 물러터지지 않았다.

되레 운현은 평소보다 더욱 진지하게 말을 받아쳤을 뿐이었다.

"이제부터 시작입니다. 얻을 것을 얻을 때까지 멈추지 않을 겁니다."

"네, 네놈이!"

어떻게든 쏘아붙이는 중년이었지만, 쓸데없는 아니, 쓸모조차 없는 반항이었다. 안 하는 게 나았다.

'기를 확실히 죽여야 해.'

운현은 대답 대신에 손을 놀렸다.

"시끄럽다."

투욱.

박혀져 있는 침을 슬쩍 비튼다. 아주 슬쩍. 그것만으로도.

"크아아아아아아악!"

그의 비명이 일행 모두가 있는 내부에 울려 퍼졌을 정도였다. 그만큼 비명은 컸다.

그 비명을 눈도 깜짝 않고 바라보던 운현은.

'여기까지다……'

다시금 비틀었던 침에서 손을 쓱 떼버린다.

그러고도 한참 고통을 표하던 중년은,

"큭……."

거의 반각 정도를 자지러지고 나서야, 숨이 평온하게 돌아왔다.

중년으로서는 정말 황천을 갔다 온 느낌이었을 게다.

'제대로 느꼈겠지.'

딱 적당하게.

사혈은 피하면서, 죽지 않을 정도로만 상대에게 고통을 준 운현이었다.

어떻게 하냐고?

침을 비트는 행위는 쉬운 행위였지만, 대신에 기감을 미친 듯이 강하게 세우고 있는 운현이었다.

그 강한 기감으로 느꼈다. 상대의 상태를.

마치 정교하게 만들어진 기계라도 되는 듯이 죽기 직전의 상태까지 '만' 몰아갔다.

거의 극한까지 몰아갔다고 해도 좋았다.

처음 해보는 일이지만, 기감이 있기에 그 누구보다 정확히 해낼 수 있다고 자부하는 운현이었다.

한참 고통을 준 운현.

다행인지 아닌지 중년은 숨을 쎅쎅 쉬면서 아무런 말을 안 했다. 이제는 악다구니도 부리지 않았다.

그도 바보는 아니기에 하나는 안 거다.

죽을 때 죽더라도, 그냥 죽을 수 없다는 걸. 쉽게 죽기에는 운현이 하고 있는 지금의 고문이 보통은 넘는다는 걸 말이다.

차라리 몸이 째지고, 손톱이 뽑히는 고문을 받고 말았다면 나았을 거다!

이건 너무 근원적인 고통이었다. 고문을 받은 부분뿐만 아니라 몸 전체가 고통을 받는 느낌이었다.

'고작해야…… 침인데…….'

작은 침 하나로 이렇게까지 큰 고통을 받을 수 있을 거라곤 생각도 못한 그였다.

고작해야 침인데, 그 침 하나로 자신의 모든 고통을 조종하는 느낌이었다.

상상 외적인 방법이기에 중년으로서는 더욱 고통이 컸다.

그런 중년을 운현은 가만 바라보고 있었다.

그러다 중년의 기가 좀 꺾였다고 판단이 되었을까.

바로 본론을 꺼내들었다.

"이름은?"

"……뭣!"

다만 답은 아직이랄까.

기는 꺾였을지언정 생각보다 지독했다. 힘이 빠졌는지 운현에게까지 침이 닿지는 못했지만, 누가 봐도 적의는 명백했다.

"후우······."

투욱. 툭.

바로 다음으로 들어가 버리는 운현이었다.

"크아아아아악!"

얼핏 냉혹해 보이는 운현. 그런 운현에게 고통을 받는 중년.

'시간은 어차피 적지 않아. 생각 외의 성과니까.'

중년에게 냉정하리만치 잔혹한 시간은 이제 막 시작일 뿐이었다.

그가 모든 것을 자신의 입으로 말할 때까지. 그가 말하는 바가 진실인 것이 확인이 될 때까지, 운현의 손은 멈추지 않을 것이 분명했다.

"주, 죽여! 죽이라고!"

죽지도 살지도 못할 것은 당연한바.

운현의 허락이 떨어지기 전까지는 저승에 있다는 명왕도 보지 못할 그였다.

제대로 손을 쓰면 그 누구보다 잔인할 운현이, 제대로 손을 쓰고 있었다.

일행은.

"……."

운현을 방해치 않기 위해서 가만 바라보면서도, 단 한 순간도 눈을 돌리지 않았다.

지금 상황을 피하지 않고, 운현이 해내는 바를 보는 것이 마치 자신들의 의무라는 듯 숨을 죽이고 바라보고 있을 뿐이었다.

그렇게.

"크아아악."

울리는 거라곤 오직 중년의 비명과.

"……."

일행의 침묵이 내려앉은 가운데에서, 시간이 흘러가기 시작했다.

第十章
생사(生死)

중년은 꽤 끈질겼다. 생각 외라고 할 수 있을 정도였다.

투욱. 툭.

"그륵……."

고통스러운 비명을 하도 많이 지른 덕분에, 목이 비명을 지르지 못할 정도까지도 버텨냈다.

누가 봐도 독했다.

이쯤 하면, 아니 시작할 때부터 그가 느꼈을 고통대로라면 범인(凡人)은 진즉에 미쳐버리고도 남을 정도인데 잘도 버텨냈다.

하지만 결국 시간은 운현의 편이었다.

"큭…… 크윽……."

더 비명도 새어나오지 못할 만큼 고통스러워진 상황에서도, 운현은 기감을 세우고 손가락만 놀리면 될 뿐이었다.

다만 여기에 한 가지 더 더한 것이 있다면.

"이 정도 느끼는 것으로 안 된다면 더 느끼게 하면 되겠지……."

하나뿐이었다.

퍼어억. 퍼억.

시간이 지나다 보니, 중년이 느끼는 고통도 조금은 수그러든 터.

추궁과혈의 효과로 오감이 강화됐던 게, 조금 줄어들었다는 걸 느끼자마자 바로 기혈을 건드려 버리는 운현이었다.

'전보다 더 강해야겠지.'

이 진한 고통을 버티고 또 버텨내는 중년에게 경의라도 표하듯이 이번에는 오감을 더욱 강화시켜 줬다.

그리곤 바로 반복.

투우욱. 툭.

오감을 더욱 강화시켜 버리고 운현이 바로 움직이자마자!

성대가 거의 나갔음에도 불구하고.

"크아아아악!"

다시금 비명을 질러대는 중년이었다. 그런 중년을 상대로 죽지도 살지도 못하게 만들며 운현은 계속해서 반복할 뿐이었다.

"······이름은?"

"······주, 중사······."

*   *   *

중사.

큰 의미를 가진 이름이었다.

동굴에 있던 신비인도 중사란 이름을 언급했었다. 그러곤 다른 자들에게 죽으라 말했었지 않나.

그런데 운현이 잡은 자 중에 중사란 이름이 언급됐으니, 이는 분명 대단한 일이었다.

하지만 당장 운현과 그 일행으로서는 그 의미를 알 수가 없었다.

천 리 길도 더 넘은 곳에서 있었던 신비인의 말을 들을 재주는 없었으니까.

그런 재주가 있었더라면, 중사라는 자를 잡을 필요도 없이 모든 걸 알아냈을 게다.

그렇기에 일행은 없는 재주로, 많은 것을 얻어내기 위해서.

"크으……."

하나, 하나 질문을 할 때마다 고통스러워하면서도 버티고 또 버텨내는 중사를 상대로 계속해서 일을 이어갔다.

투욱. 툭.

아주 잔혹하게.

*   *   *

몇 번의 질문이 있었다. 때로는 같은 것을 물어보기도 했다. 이름마저도 여러 번을 물어봤다. 혹여나 이름마저 속이는 것이 아닐까 계속해서.

그 뒤의 질문들도 많았다.

"역병은 너희들이 일으켰나?"

"조직은 어떻게 되지?"

"이 외에 숨겨진 곳은?"

"동창에는 어디까지 손을 뻗었나?"

하나, 하나가 결코 가볍지 않은 질문들이었다.

지금의 상황을 보면 그 중요도가 큰 질문들이 수두룩했다.

'모두 다 알지는 못하는 듯하군…….'

중사 자체가 중요한 인물인 것은 맞는 듯했다.

질문을 하면 할수록 생각보다 얻어지는 것들도 많아졌다. 하지만 문제는, 그는 핵심을 몰랐다.

"……모른다!"

조직의 수장이 누군지도 말하지 않으며, 그의 정체는 더더욱 모른다 말한다.

그나마 그의 사형제들에 대해서 말하기는 했으나, 그마저도 제한적이었다.

사형제랍시고 있다는데,

'저런 사이도 사형제라 할 수 있는가.'

모르는 사제도 있다고 하며, 어떤 사형은 자신의 손으로 죽였다고 했다. 본래는 꽤 많은 자들과 함께 시작했으나 일을 진행하면서 죽은 자들도 수두룩하단다.

중간 과정에서 연락이 끊어져서 살았는지 죽었는지 모르는 자들도 많단다.

"너희들도 대의를 따르느냐?"

"……우린 우리만의 길이 있을 뿐이다."

또한 뭔가 달랐다.

호북성에 있었던 자들이 말하던 대의. 그들이 대의에 목숨을 걸었더라면, 이들은 그 목적이 뭔지를 도무지 알 수가 없었다.

"하라고 하시니 했을 뿐이다."

마치 의지도 없는 꼭두각시처럼, 시키니 했을 뿐이란다.

역병을 뿌리고 얻을 이득이 뭔지도 몰랐다. 역병이란 큰일을 일으킨 이유가 있을 텐데도.

다만.

"받은 약을 뿌리는 걸로 족했다. 시체들을 모아서 강시를 제조하도록 하면 됐고……."

"강시는 어떻게 제작했지? 또 누가 했지?"

"그건 내 몫이 아니었다. 나는 다만 시체들을 관리하고, 만들어진 강시를 부렸을 뿐이다."

몇몇 가지 정보는 분명 줬다.

"호북의 것과 같은 가?"

"모른다. 전혀 몰라."

"확실히 말해라."

"크아아악. 모, 모른다고!"

때로 눈을 굴리는 것이 마음에 걸리기는 했지만, 정보는 분명 하나둘씩 쌓이고 있었다.

'강시 제작자가 따로 있다. 어쩌면 여러 명일지도 모른다.'

강시 제작자들에 대한 정보. 숨겨져 있는 몇몇 곳들의 정보 등.

"약을 강시 혹은 사람에게 주고 떠나면 될 뿐이었다고?"

"그래!"

"그럼 제작 방법은?"

"모른다. 이건 정말로 모른다."

다만 정말 중요한 역병 제작 방식, 역병 제작자에 대해서는 아무것도 모르는 듯했다.

'속빈 강정이라기엔 애매하긴 한데……'

정보를 아주 안 주는 것도 아닌데, 핵심은 또 모른다.

'딱 중간 정도인가.'

중사는 조직이 있다면 행동조. 일종의 행동 대장 정도 되는 중간층이 아닌가 싶을 정도였다.

핵심 간부는 절대 아닌 느낌이었다.

근데 운현이나 일행으로서는 그걸 납득할 수가 없었다.

'말이 안 되지 않나……'

중사의 실력은 못해도 절정이었다. 무공의 특수함을 떠나서 그의 경지는 분명 낮지만은 않았다.

거기다 그가 익힌 무공의 특수함을 생각하면 초절정의 무위를 보인다고 해도 무방할 정도.

'초절정을…… 핵심 간부도 아니고, 행동조 정도로 쓴다고?'

이런 강한 자를 고작해야 행동조 정도로 쓴다는 게 말이 되는가?

초절정의 경지면 어지간한 작은 중소 문파는 홀로 쓸어버릴 수도 있다. 한 지역의 패자를 자처할 수도 있을 정도의 경지다.

그런데 그런 자를 고작해야 행동조로 쓴다는 게 말이 되는가? 소모품처럼 일을 부리는 데 쓰는 게 말이 되는가?

'……하.'

만약 이 정도의 인물을 고작해야 소모품으로 쓸 수 있을 정도라면.

'그렇다면…….'

상상만 해도 아찔한 결론이 도출이 될 수밖에 없었다.

그들이 있는 조직. 그 조직은 상상 이상으로 클지도 모른다.

중사라는 자는 아니라고 말하지만, 강시의 연관성을 생각하면 어쩌면 호북성에 있는 조직도 그들과 같은 조직이며, 또한.

'지부 중에 하나일 수도…….'

한 성에 있는 지부일 수도 있었다.

호북을 쥐락펴락하고, 온갖 일을 만들어낸 그들이 고작해야 지부일지 모른다? 거기다 역병을 퍼트린 자들은 또 하남의 지부일지도 모르고?

상상만 해도 아찔하지 않은가! 아니 상상조차 하기 싫은 일이다!

하지만 어찌 조사를 하면 할수록, 그쪽으로 생각이 계속해서 들고 있었다.

설사 그들 조직이 따로 따로 있는 조직이라고 할지라도, 적어도.

'연관성은 있다. 아니, 적어도 수뇌끼리는 협력을 하고 있을지 모른다.'

그들 간에 어떠한 연관성은 분명히 있다는 결론이 계속해서, 머릿속에서 떠오르고 있었다.

"더 알아낼 게 있느냐! 차라리 죽여라!"

아직 확실한 것은 아무것도 없다. 죽여 달라 말하는 중사의 모든 말들이 다 거짓일 수도 있었다.

하지만.

투우욱.

"확인은 이쪽에서 한다."

"크어억……."

계속해서 조사를 하면 할수록 의혹은 점차 진실이 되어가는 느낌이다.

아닐 거라고 애써 부정을 해보지만, 생각 이상으로 뭔가 거대한 일이 진행되고 있다는 느낌만 더 크게 받을 뿐이었다.

"……대체 이게 무슨 상황인지."

"난세…… 그 이상일지도요."

지금까지 보았던 건 모두 조각들뿐. 더 큰 무언가가 있는 느낌이었다.

그럼에도 멈출 수가 없었다.

'하나라도 제대로 알아야 해.'

두렵기는 하지만, 어쩌면 그들이 상상할 수 없는 범위의 일이 어떤 암중의 조직에 의해서 일어나는 것일지도 모르지만 그럼에도 계속해야 했다.

아니 더더욱 더 많이 알아내야만 했다.

하나라도 알아내야, 지금까지 정체를 꼭꼭 숨기고 있던 그들의 티끌이라도 잡아 챌 수 있게 된다.

정보를 알게 된다면 더 이상 농락만 당하는 것이 아니라, 저들의 뒤를 칠 수도 있었다. 아니 꼭 그렇게 만들어야 했다!

그래야만 이 미친 난세를 만들어낸 자들을 이겨낼 수 있을 테니까.

다만. 그런 자들을 상대해야 한다고 생각을 하니.

'앞날이 첩첩산중인 느낌이로군…….'

너무도 큰 소용돌이 속에 말려버린 느낌이기는 했다. 상상 이상의 정보들이 계속 흘러나오니 막막해지는 것도 무리는 아니었다.

그럼에도 일행은 조심스레 계속해서 정보를 캐기 시작했
다.

중사.

그로부터 얻어낼 수 있는 모든 정보를 얻어내기 위해서!

또한 지금 이 자리에서만 머무르는 것이 아닌, 모든 것을
뿌리 뽑기 위해서. 계속해서 그를 압박해 나아갔다.

＊　　　＊　　　＊

"더는 없다!"

고문은 며칠을 두고 이어져 나갔다. 물은 걸 또 묻고. 이
미 아는 정보도 또 확인해 가며 교차로 검증을 해 나갔다.

그의 모습은 분명 당당해 보였다. 그의 말대로라면 정말
이상한 점은 단 한 점도 없는 상태.

하지만 복병이 있었으니.

"음. 조금 이상한데요?"

제갈소화다.

가만히 적어가면서 교차 검증을 하는 그녀는, 적으면서도
함께 분석을 해 나갔다.

거기다 그 좋은 머리로 적은 모든 것을 기억하는 건 입 아
플 만큼 당연한 이야기다.

그녀는 중사가 말하는 것 중 조금이라도 이상한 것이 보이면 바로 알아챘다.

"그렇다는데?"

"크흐……."

투우욱.

그 뒤는 뻔하지 않은가. 다시 침을 툭 건드리는 것만으로도 중년은 어마어마한 고통에 빠지게 된다.

"다시 말해 보지. 하나씩."

"……큭……."

처음이 어렵지. 두 번째는 쉬운 법. 머리를 쓰려고 해도 먹히지도 않으니 중사로서는 선택할 수 있는 방안이 아무것도 없었다.

말하는 것밖에는 달리 수가 없다.

신의인 운현 앞에서 죽음은 허락되지도 않았으니, 그도 어쩔 수 없는 일이었다.

*   *   *

그렇게 계속해서 그가 아는 거의 모든 정보를 얻어 내기를 며칠.

"더, 더는 없다!"

정말 중사가 말하는 대로 더는 어떤 정보가 없다고 할 수 있을 정도의 단계까지 왔다.

일행은 마지막이라 생각하고 확인까지 했다. 바로.

"흠…… 그렇습니까?"

동창의 송상후를 통해서였다.

두 명의 첩자를 데리고서 따로 조사를 하고 있던 송상후 아니던가.

보아하니 두 첩자 모두 끄나풀도 못 돼서 대단한 정보는 없지만, 그래도 정보가 아주 없는 건 아니었다.

그들로부터 다른 동창 무사들 중 첩자인 듯 보이는 자도 몇 추릴 수 있었다. 이곳 황천현이 아닌 다른 현에 있는 무사들이었다.

그들이 있을 곳을 향해서 재빨리 전서구도 몇 날린 송상후였다.

어쨌거나 그런 식으로 그도 나름의 정보를 얻고 있는 상태였다.

그런 송상후를 데려와서.

"한번 비교해 보지요."

"바로 하죠."

"그래야겠죠. 시간이 무한한 건 아니니."

바로 또 검증을 해 나갔다. 그중 몇몇 개, 크고 작은 것들이 또 걸리게 된다.

"흠…… 이건 서로 또 따로 알아봐야겠습니다."

"이쪽도 마찬가지겠군요. 한 번 더 하고 나서 보지요."

서로 정보를 잘못 알고 있는 것일 수도 있으나, 확인이란 건 제대로 해야 했다.

그렇기에 일행은 다시 또 나와서.

"다시 해 보지."

"없다고 하지 않았나! 더는!"

"……아니. 조금 달라. 첩자 쪽과."

"크흐. 그들이 거짓말을 하는 거다!"

"그건 차차 확인해 보면 될 일이지."

또 다시 중사를 밀어 붙였다.

그 뒤로 다시 확인.

"이쪽이 거짓이었군요."

다행인지 불행인지 중사는 거짓을 말하지 않았다.

초인적인 의지를 가졌었지만, 운현의 그 수법 앞에서는 천하의 중사라고 하더라도 거짓을 말할 수는 없었던 게다.

대신 송상후가 취조를 하고 있는 첩자들 쪽이 문제였다.

"확인을 한 번 더 해 봄이 좋겠습니다."

"허허. 참. 천하의 동창인데…… 이거 신의님보다 못하게 되었습니다. 어디 한번 제대로 해봐야겠습니다."

화난 듯 눈썹을 들어 올리는 모습을 보고 있자니, 송상후
도 어지간히 자존심이 상하긴 한 듯했다.

하기야 없는 정보도 만들어 낸다고 알려진 동창 아닌가.

그런 동창의 무사들이 여럿 달려들어서 취조를 했는데, 그
정보가 잘못된 상황이다.

헌데 신의인 운현은 의술에 관련된 일이 아님에도, 정보를
잘도 알아내 왔다.

자존심이 상하지 않으면 그게 더 이상한 일이었다. 송상
후가 화난 것도 이해는 갈 만한 상황이다.

그는 바로 움직였다.

그리고 다시 이틀 후.

"완벽하구려."

"흐음…… 일단은 그런 듯합니다."

일을 시작한 지 한참이 지나서야 교차 검증을 하고 확인
을 마쳤다.

사람의 기억으로부터 얻어낸 정보이니 아주 약간의 오차
는 있을지 몰라도, 거의 일치한다고 볼 만한 상황이 됐다.

중사만이 알고 있는 건 확인을 하기 힘들었지만, 적어도
첩자나 중사 양쪽이 아는 건 확실히 확인이 됐다.

       ＊   ＊   ＊

검증이 완료됐다는 것은.

'어느 정도 신빙성 있는 정보가 된 거군.'

그동안 중사로부터 얻어낸 정보가 제대로 된 정보일 수 있음을 의미했다.

문제는. 그 정보들의 무거움이.

"……언제부터 이런 조직이 있었을 까요?"

"조직들일 수도 있지 않소. 여러 개의 조직."

"그건 그거대로 문제지요. 이런 조직들이 생기는 동안 무림에서는 아무도 몰랐다는 거니까요."

"동창에도 첩자가 있었으니, 다른 문파들에도 있었을지도 모를 일이지요."

"하 참……."

일행에게는 꽤나 무섭게 다가올 수밖에 없었다.

알아내면 알아낼수록, 저들 조직은 꽤나 컸다. 어디까지 거미줄처럼 이어져 있을지 알 수도 없는 상황이었다.

'핵심은 잡지도 못했어.'

누가 강시를 만들어내는지, 역병을 퍼트리는 걸 만들어 냈는지도 알아내지 못한 상황이었다.

중사도 그것만큼은 정말 모르는 듯했다.

거기다 호북에 있는 조직과의 확실한 연결점도 찾아내지 못했다.

중사 정도의 수준에서 알아낼 수 있는 건 다 알아냈으나, 결국 핵심 정보는 얻어냈다고 할 만한 게 없는 상황이었다.

일견 막막할 수도 있는 상황. 하지만 운현은 막막하다 해서 멈추질 않았다.

'제대로 얻어내야 한다. 이런 기회는 많지 않아.'

중사에게 얻어낼 수 있는 게 여기서 끝이라 생각하지 않았다.

또한 설사 중사로부터 얻어낼 수 있는 것이 이게 다라면, 다른 자라도 잡아 낼 속셈이었다. 그러기 위해서 운현은 바로 수를 냈다.

"당 대협. 본초심부석은 그대로 있지요?"

"있기는 합니다만은…… 이게 필요가 있겠습니까?"

본초심부석. 다른 말로 자백제. 당가의 자백제가 효과 하나는 확실한 건 누구나 알 만한 이야기였다.

다만 본초심부석 자체가 가진 단점이 문제. 시간이 좀 걸린다는 것. 쓸데없는 정보도 술술 분다는 게 문제였다. 하지만 지금은.

"티끌 같은 거라도 알아야 합니다. 다 뒤져봐야겠지요."

"흠……."

"단점이 오히려 장점으로 발휘될 때입니다."

"그렇게까지 말씀을 하신다면야…… 할 수밖에 없겠습니다. 알겠습니다. 준비를 할 시간을 조금만 더 주면 됩니다."

운현의 말대로 티끌 같은 정보라도 얻어야 할 때.

지금 상황에서만큼은 본초심부석만 한 것이 어디에도 없었다.

당기재도 그걸 이해하고는 바로 준비에 들어갔다.

"……흐음."

쪼르륵.

본래 가져왔던 본초심부석에 무언가를 더 탔다. 호리병에 액체가 가득 차올랐다. 슬슬 연기가 피어오르는 게 뭔가 일어난 것이 분명했다.

그걸 운현은 기감으로 느꼈다.

'약효 자체가 강해지는 느낌이군.'

약효도 강한 것과 약한 것이 있듯이, 약효가 강한 것들은 특유의 기 같은 것이 있다.

어지간한 무림인들은 느끼지도 못하지만, 기감이 조금 강한 자들은 그런 것들을 곧잘 느끼곤 한다.

특히 영약과 같은 것들은 기가 막히게 느낀다. 영약 자체가 가진 기운이 강하니까!

본초심부석은 영약이 아닌 독. 그것도 자백제지만 당가로서는 별의별 비법이 다 들어간 약이나 다름없었다.

당연히 기운이 남다를 수밖에 없는 것이다. 그런 걸 운현이 못 느낄 리가 없지 않은가.

안 그래도 예사롭지 않은 약이라고 느끼고 있던 운현이다.

거기에 당기재가 무언가를 타고는 그 기운이 더욱 강해졌으니 뭔가 달라졌다는 걸 모르려야 모를 수가 없었다.

"……됐소이다. 이건 어디 가서 말하면 안 됩니다. 당가만의 비법이니."

"입을 싹 닫겠습니다."

"좋소. 이 당 모가 신의님을 믿어야지 누굴 믿겠소이까."

딱 한 번. 주의를 주고서 당기재는 바로 움직이기 시작했다. 중사를 향해서였다.

당기재가 본초심부석을 들고 들어간 순간 눈치 빠른 중사는 입을 꽉 하고 닫았다.

마혈이 짚인 덕분에 움직일 수 있는 건 오직 입뿐인데, 그 입을 아주 앙다물었다.

'대단하군.'

안 그래도 혀를 깨물까 염려되기에 힘이 없도록 해 놨는데도, 정말 초인적인 의지로 입을 다물었다.

"크흐…… 크흐으으으."

눈치도 빠르게, 저 본초심부석을 먹게 되면 뭔가 일어난다는 것을 눈치챈 것이다.

참 가진 덩치와는 다르게, 약삭빠른 자였다. 마치 어디서 눈칫밥 좀 먹어 본 것처럼.

하지만.

"무용(無用)이지."

당기재의 말마따나 쓸데없는 일이었다.

마혈이 짚이고, 며칠간 수도 없이 고문을 당한 상태에서는 아무리 절정 무인이라고 하더라도 제 힘을 가지고 있을 리가 없었다.

거기다 운현에게 특수하게 제압까지 당한 상황에서는 더더욱!

없는 힘으로 끝까지 입을 다물고 버텨내는 건 대단했지만, 결국 한계는 있었다.

"크으으……."

당기재가 억지로 턱을 빼 버렸다. 그리고 혀를 손으로 쫙 빼버리고는 본초심부석을 바로 쪼르르 부어 버렸다. 그대로 혈을 짚어 순식간에 삼켜버리게 만들었다. 한 방울도 남김없이!

"크……."

억지로라도 토해 보려 하지만 어디 몸이 말을 듣겠는가.

이미 모든 약이 식도를 타고 위장으로 들어갔다.

"일각. 일각이면 충분합니다."

모든 걸 확인한 당기재가 장담을 했다.

반각이 지났을 때.

"쿨럭……."

갑작스레 기침을 하기 시작한 중사다. 약을 뱉나 싶었지만 그건 아니었다. 그 정도의 강한 기침은 못 됐다.

조금 더 시간이 지나자, 눈이 풀리기 시작했다. 미친 사람처럼.

고문 때문에 안 그래도 시뻘겋게 변했던 눈이 완전히 광자(狂者)의 눈빛이 되는 건 순간이었다.

"크흐흐……."

무슨 흥분을 느끼는 듯 얼굴도 붉어져 갔다.

그러다가 시간이 지나면 지날수록 광자의 눈빛을 하고 있던 눈이 조금씩 풀어져 가기 시작했다.

아주 조금씩. 조금씩.

그러다 일각이 다 가까워졌을 때.

"스, 스님?"

꿈에 그리던 누군가를 만난 듯, 당기재를 보며 스님이라 말하는 중사였다.

'됐군.'

혹여나 본초심부석의 약효가 덜어질까, 일행은 아무런 말
도 못 하는 가운데 두 가지는 확실히 알았다.

자백제가 제대로 먹혔다는 것. 그리고 지금부터는.

"그래. 어떻게 지냈더냐? 이야기를 해보자꾸나."

당기재를 자신의 소중한 이로 생각하기 시작한 중사가 뭐
든 당기재에게 말할 거라는 사실이었다.

고문. 취조. 그리고 그걸 넘어 자백제까지.

그의 처음부터 끝까지 그 모든 것들을 알아낼 본초심부석
이 마지막으로 제 역할을 하고 있었다.

第十一章
누군가의 사연

"스니임! 오셨습니까아!"

나이답지 않게 말을 해 보지만, 아이는 아이다. 눈은 영특하게 빛나지만 드문드문 빠진 이가 아직 다 자라지 못한 덕분인지 발음이 줄줄 샌다.

어린 나이에도 머리가 빠진 것은 아닐 터.

빡빡 민 머리인 것으로 보아하니, 아이는 동자승일 게 분명했다. 입고 있는 옷도 딱 동자승의 옷이었다.

다만 어린아이인데도, 귀여움보다는 성숙함이 먼저 엿보이는 아이였다.

그래도 그 아이를 인자해 보이는 스님이라는 자는 다정한 모습으로 안아든다.

"으차아. 오랜만에 봐도 여전히 무겁구나? 그 땡초는 또 어디 갔누?"

"에에…… 땡초라고 하지 마세요. 불공드리신다고 암자로 들어가셨어요. 아침부터요. 땡초 아니에요!"

아이는 스님이라는 자의 손길을 피하지 않으면서도, 머무르고 있는 절의 주지 또한 변호하기를 빼먹지 않았다.

"허허……."

그 모습을 기특하다는 듯 바라보는 스님.

한참을 아이를 안고서, 걸음을 옮겼다.

겉으로 봐서는 작은 봇짐 하나 들지 못할 만큼 왜소해 보이는 스님은 그 가파른 길을 잘도 걸어 올라갔다.

유명한 절은 아닌지, 사람이 잘 다니지 않아 길이 험한데도 불구하고 쉼 없이 올라서고 있었다.

어지간한 장정도 오르지 못할 길을, 아이를 안고도 쉬이 올라가는 걸로 봐서는 스님이란 자는 무공을 익힌 자가 분명했다.

하기는 그의 머리에 박혀져 있는 상징은 소림의 그것과 같았다.

소림과 연관이 있는 것이 분명하다!

하기야 이곳은 하남성이지 않은가.

무려 소림이 있는 하남성. 그런 하남성에서 계인이 박혀 있는 스님. 그것도 소림과 관련이 있는 스님을 보는 것은 생각보다는 쉬운 일일지도 몰랐다.

비록 엄격한 기준을 가지고 제자를 받아들이는 소림이라지만, 적어도 하남에는 그 수가 제일 많았으니까.

무리도 아니었다.

다만 그 소림의 승려라는 자가, 이곳 작은 절에 들를 만큼 여유로울 수 있는가는 의문이 생길 만한 일이었다.

무림이 평화롭다고는 말하고는 있지만, 그래도 무림은 무림이다.

마두들은 수가 적어졌어도 여전히 날뛰고 있었다. 그들을 계도하기 위해서라도 소림의 무승들은 쉼 없이 움직이는 편.

설사 마두들을 계도키 위해 나서지 않는다고 하더라도, 구휼을 위해서 움직이기도 하는 것이 소림의 승려였다.

그러다 보니 소림의 승려들은 생각 이상으로 항상 분주히 움직이는 편이다.

공무가 있지 않고서야 이런 암자에 오는 일은 꽤 특수한 경우인 셈이었다.

보통은 이럴 경우 속가 제자들이 세운 중소문파에라도 들르는 것이 일반적인 일이었다.

"헤헤. 그러니까요. 주지스님이 그랬어요!"

"허허. 그렇더냐?"

그걸 아는지 모르는지, 동자승과 승려는 두런두런 이야기를 나누면서 산을 오를 뿐이었다.

하지만 그 순간도 잠시였다.

성큼성큼 산을 오른 승려는 아까까지의 다정함은 어디로 간 건지 엄한 표정을 짓는다.

"여기까지란다. 알지?"

"예! 무슨 일이 있어도 들어가지 않을 겁니다!"

아까 말한 암자라는 곳으로 보이는 어둡기만 한 건물의 앞에서 더 이상은 들어서서는 안 된다는 말을 한다.

승려에게 잘 보이고 싶은 마음에서인지, 동자승은 눈을 빛내며 또박또박 말한다. 절대 들어가지 않는다고.

그래도 불안한지 승려는 몇 번이나 다짐을 받는다.

"꼭! 꼭 그럴게요!"

"허허, 그래."

어린 아이의 확답을 듣고 나서야, 그제서야 만족스러운 듯 승려는 고개를 끄덕인다.

그러곤 아이를 먼저 보낸다. 뒷모습을 끝까지 몇 번이고 바라보다가, 뒤늦게서야 들어선다.

"허허……."

짙은 헛웃음만 남긴 채.

산길을 내려가던 동자승은 홀로 내려가면서도 궁금증이 생길 수밖에 없었다.

'대체 저기엔 뭐가 있을까?'

아이가 가질 만한 호기심이었다. 분명히.

언젠가는 자신이 원치 않아도 들어서게 될 거라는 걸 그때의 작은 동자승은 몰랐다.

*　　　*　　　*

"크흐…… 그때부터가 시작이었지요? 스님?"

한스럽다는 듯이 말하는 중사. 그의 말에 일행은 아무런 말도 하지 않았다.

이야기는 이제 시작일 뿐이지만, 지금까지 들린 것만으로도 충격적이기 때문이었다.

그가 말하는 바에 따르면.

'소림에 있는 자도 연관이 되어 있어?'

분명 소림의 인물 중 하나도 이 일에 연관이 있을 확률이 높았다.

동자승. 그 동자승의 어릴 때부터 인연이 닿았던 존재. 그리고 파계승과 같은 복장을 하고 있던 중사의 모습까지.

여러 가지의 단서를 생각해 보면 연관성이 없다 부정하기도 애매했다.

하나, 하나씩만 놓고 보면 별거 아닌 단서들일지는 모르
지만 모아 놓고 보니 무언가 생각지도 못한 진실에 도달해
가는 느낌이었다.

자백제를 먹은 자가 거짓을 말할 확률도 낮지 않은가.

'소림까지라…….'

거의 진실일 게 분명했다.

하기는 동창의 무사들 중에도 첩자가 있는데, 소림이라고
해서 첩자가 없다고 하는 것은 어불성설일지도 몰랐다.

다들 무의식적으로 아니길 바랐지만, 저들은 역시 생각보
다 그 규모가 클지도 몰랐다.

일행이 점점 진실에 다가가면서 놀라든 말든 간에 중사의
이야기는 계속됐다.

"그때부터였지요……. 제가 열 살쯤이나 됐을까……."

*   *   *

열 살의 중사. 아니 동자승은 또래의 열 살로 보이지 않을
만큼 덩치가 컸다.

안 그래도 귀여움보다는 성숙함이 보이는 외모를 가지고
있던 동자승이었지만, 해가 갈수록 덩치가 생각 이상으로 불

어났다.

"잘 크는구나."

"헤헤. 그렇죠?"

"풀떼기만 먹는데도 아주 잘 컸어. 이거 원. 누가 보면 고기라도 먹이는 줄 알겠구나."

"헤헤……."

그런 동자승의 모습을 보고 주지는 꽤나 흐뭇해했다. 겉으로는 누가 보더라도 애정 실린 말을 던지곤 하는 주지였다.

하지만 여기에 나이 먹은 어른이라도 있었더라면, 아니 동자승이 조금만 더 정신적으로 성숙했더라면 또 달랐을지도 모르겠다.

입으로는 흐뭇함을 말하고, 다정함을 담은 주지였지만 그의 눈빛은 분명 아주 냉정했다. 겉으로 드러날 정도로.

"헤헤……."

그것도 모르고 이제 막 열 살이 된 동자승은 그저 웃어 보일 뿐이었다. 그러다 얼마 뒤.

"스님? 아직 오실 때가 아니시잖아요?"

"허허. 올 때도 기억을 하더냐?"

"당연하지요!"

"허허. 영특하구나. 일단은 올라가보자꾸나."

"예!"

그 승려가 찾아왔다. 주기적으로 들어서는 암자에서 주지와 알지 못할 말을 나누던 승려가.

헌데 그날은 평상시와 달랐다.

"너도 들어가 볼 테냐?"

"예? 저도요?"

암자. 다른 곳은 몰라도 그곳만은 동자승에게는 허락되지 못한 금지였다.

그런데 오늘은 그 누구보다 암자로의 입장을 막던 승려가 먼저 물어왔다. 들어가 보겠느냐고.

처음에는 시험인가 싶어.

"아니요. 저는 안 되잖아요."

"허허. 궁금하지 않더냐?"

"……궁금은 하지만. 안 된다고 배웠어요."

"허허."

거절을 해 보았지만, 이건 시험 따위가 아니었다.

"가 보자."

"진짜요?"

"그래. 때가 되었지. 때가."

그때 처음으로, 동자승은 암자에 들어서게 되었다.

　　　　　＊　　　　　＊　　　　　＊

"차라리 데려가지 마시지 그랬습니까?"

"……."

되묻는 중사의 말에 다들 아무런 말을 하지 못했다. 승려
의 역할을 맡고 있는 당기재마저도.

다음 이야기를 기다리고 있을 뿐이었다.

'비슷하지 않은가…….'

다만 운현의 표정은 이들 중에서도 가장 심각했다.

지금까지 그가 겪었던 일들. 특히 호북성에서 암중 조직을
처치하면서 여러 정보를 알게 된 운현 아닌가. 실제로 경험
도 많이 했던 그다.

그런 그가 보기에 암자, 동자승, 주지라는 존재는 호북성
에 있던 그들과 비슷했다.

호북성에서도 그런 자들이 분명 있었다.

지금은 꼬리를 끊고 숨어들었지만, 그들도 암자를 가지고
있었고 그 암자를 그들만의 거처로 사용했다.

이번의 이야기도 너무 비슷했다.

'암자라…….'

암자. 혹은 작은 절.

그러한 것들이 몸을 숨기는 데 제격이기는 했다.

관제묘는 사람이 오랜 기간 머무르면 의심을 받겠지만 절과 같은 곳들은 신분을 숨기고 움직이기에는 제격일 수밖에 없었다.

그 정도야 운현도 분명히 알았다.

하지만 이야기를 들으면 들을수록 묘한 기시감이 드는 것까지는 그도 어쩔 수가 없었다.

그가 그리 느끼든 말든.

"……거기에 많았습니다. 참 많았지요. 정말로요. 저뿐인 줄 알았는데……."

동자승이 되어 버린 중사는 계속 이야기를 이어갈 뿐이었다.

*　　*　　*

"와아."

암자는 생각 이상으로 넓었다. 어린 동자승이 보기에는 무슨 궁궐이라도 되는 모습이었다.

안은 계속해서 이어졌다.

"……."

평소 인자하던 승려도 그 순간만큼은 전혀 다른 사람이 된 듯했다.

말이 없어졌다. 표정이 진지해졌다. 옆에 있는 동자승이 감탄을 하다가도 바라볼 만큼 기세가 사나워졌다.

"스님?"

동자승으로서는 그가 전혀 다른 사람이 된 느낌이었다. 자신이 알던 그 스님이 맞는가 싶을 정도였다.

'무슨 일이지!'

방금 전까지만 하더라도 궁전처럼 넓던 안가를 구경함에 잔뜩 신이 났던 동자승의 표정이 울상으로 변한다.

아이에게 있어, 어른의 갑작스런 변화라고 하는 건 아무래도 적응하기 힘들 수밖에 없었다.

그러든 말든.

"가자."

기세를 죽이지도, 표정을 풀지도 않은 채로 스님은 동자승을 이끌어 갔다. 그리고 그곳에는.

"오셨습니까?"

자신보다 나이가 많아 보이는 청년들부터 시작해서.

"하앗!"

"핫! 이번엔 나다!"

동자승보다 훨씬 덩치는 작아 보이는 어린아이들이 폴짝폴짝 뛰어다니면서 뭔가를 연마하고 있었다.

동자승보다 훨씬 작지만, 그 아이들의 몸짓은 표홀하기

그지없었다.

아이가 보기에는 마치 새가 나는 듯했다. 같은 아이. 아니, 훨씬 덩치가 크지만 저렇게까지 움직일 수는 없는 동자승이었다.

아이인 만큼 그들과 자신이 뭔가 다르다는 걸 직감적으로 느꼈다. 그리고 그건.

'무공인가? 저게?'

식견이 넓지는 않지만, 아주 가끔가다 오는 향화객에게 들었던 무공이란 것과 비슷해 보였다.

짧은 식견으로도 느껴질 만큼, 저들의 움직임에는 뭔가 있었다.

아이들인 만큼 그들이 아무리 대단해도 실상 이, 삼류 무인만도 못한 모습이지만.

"와아⋯⋯."

동자승으로서는 갑작스레 변한 스님의 모습도 잠시 잊을 만큼 대단한 모습이었다.

무공이라니!

꿈에서나 그리던 그런 것들이 눈으로 보이니 무리도 아니었다. 아이다운 모습이었다.

그러고도 한참을 감상을 했다.

어린아이가 반하기에는 충분할 만큼 오래!

무거운 분위기를 풍기던 승려는 가만히 아무런 말도 않은 채로 동자승의 감탄이 멈출 때까지 기다려 줬다.

"……"

기세는 그대로였지만, 그 기세마저도 잊을 정도로 푹 빠졌던 동자승.

"와아아……."

그게 한참 지속되자, 중간에 들려오는 목소리가 있었다.

"그렇게 좋더냐?"

"예? 아아…… 예! 신기합니다! 너무 신기해요! 사람이 어떻게 저럴 수 있죠? 저게 말로만 듣던 무공인가요?"

아까의 일은 다 잊었다는 듯 속사포처럼 말을 하기 시작하는 동자승.

그런 동자승의 모습이 만족스러운 듯, 승려는 깊게 고개를 끄덕여 줬다.

그 외에는 어떤 설명도 없었다.

"하아앗!"

실상 저 어린아이들이 사용하는 무공들이, 어린아이들이 사용하는 무공치고는 너무 패도적이라는 사실.

정종의 무공이라고 하기에는 그 기운이 정갈하지 못하다는 사실은 단 일 푼도 말해 주지 않았다.

그저 아이가 무공에 흥미를 보이는 것에 만족할 뿐이었

다. 그뿐이었다.

그리곤 승려는 물었다.

"익히고 싶더냐?"

"예!"

당연한 대답이었다.

저리 흥미로운 걸 익히지 않으려는 아이가 어디 있겠는가.

나이를 먹은 자라고 하더라도 기회가 있다면 익히고 싶어 하는 것이 무공이다.

무공을 보자마자 반짝반짝 눈이 빛나기까지 하는 동자승이 익히지 않는다고 말할 리가 없었다.

몇 번이고 고개를 끄덕이기까지 했다.

하기는 동자승의 근골을 보면 타고나기를 무공에 적합하게 태어났다. 본래부터 활동적인 아이니 학문보다는 무공이 나았다.

어쩌면 처음부터 동자승의 근골을 보고 이쪽에 데려왔을지도 모를 일이었다.

그 모습을 만족스러운 듯 바라보다 승려가 묻는다.

"익히게 되면, 오랫동안 이곳 암자를 나서지 못할지도 모르는데?"

"그건……."

"왜? 밖이 좋으냐? 저 무공을 익힐 수가 있는데도?"

"그건 아닙니다. 그치만…… 제가 가면 주지스님은 어쩌지요?"

"허허……."

아이는 무공만큼이나, 자신과 살아 온 주지를 생각하는 듯했다.

승려가 이곳에 들어온 지 오래. 그 오랜 시간 동안 주지가 모습을 보이지 않는다는 것에는 이상한 점을 느끼지 못한 듯했다.

그래도 주지를 생각한다는 건, 기특한 모습이기는 했다.

"주지는 괜찮느니라. 아이도 아니지 않느냐?"

"그래도…… 누가 밥을 또 챙겨주고…… 누가 청소를 하고 그럴까요. 주지스님이 그런 건 약하시지 않습니까?"

"허허, 괜찮다. 네가 정할 것은 여기서 무공을 익히느냐 아니냐다."

대답을 재촉해 온다.

기세가 더욱 사나워진다.

그제서야 아이는 잠시지만 덜컥 겁이 났다. 뭔가 잘못된 느낌이 들었다.

여기서 무공을 익힌다고 선택치 않으면, 자신이 상상하기도 겁날 어떤 일이 일어날 느낌이었다.

그래설까. 자신도 모르게 선택을 바로 했다.

"이, 익히겠습니다! 열심히요!"

"허허. 그래. 그거면 되었다. 잘할 수 있겠느냐?"

"……물론이에요!"

주지가 마음에 걸리는 동자승이었다. 하지만 그럼에도 익힌다 말했다. 어쩌면 처음부터 달리 선택권이 없었을지도 몰랐다.

그렇게 결정이 됐다. 무공을 익히는 것으로.

*　　*　　*

"킬…… 그때는 좋았지요. 그때는…… 안 그렇습니까?"

중사가 물었다. 한이 맺혔다는 듯이. 이번만은 당기재도 답을 해 줬다.

"그랬느냐?"

"좋았으니까요. 무공이란 거. 그때는 그리 될 줄을 몰랐지만…… 스님은 처음부터 알았지요? 그렇지요?"

아이라도 되는 듯 되묻는 중사. 그의 눈빛에는 한이라고 하는 게 어려 있었다.

그래도 약효는 다하지 않았는지, 그는 드문드문 말을 이어갔다.

＊　　　＊　　　＊

이야기는 계속됐다.

무공은 익히기 쉬웠단다.

"하아앗!"

마치 꼭 맞은 옷을 입은 것처럼 동자승은 금방 다른 아이들을 따라잡기 시작을 했고, 그렇게 점차 강해져 갔다고 했다.

다른 이들보다 더 빠르게. 더 강하게!

그게 다인 줄 알았지만.

"……하아아앗!"

"억!"

대련에서 사고가 있었다. 다른 아이들과 자주 행하고 하는 대련. 그 대련에서 피를 봤다.

고의로 피를 본 건 아니었다.

동자승이 빠른 속도로 강해졌고, 그 강함을 다른 아이는 따라오지 못했을 뿐이다. 무공의 격차가 컸던 것이 원인이었다.

다만 동자승이 무공이 강해진 만큼 힘을 조절할 줄은 몰랐다는 게 문제였다.

어느 무공이든 스승이라면 힘을 조절하는 법부터 가르쳐

야 하는데 여기는 그러한 것이 없었다.

더. 더.

계속해서 강해지라고 강조만 할 뿐이었다.

그러다 보니 피를 봤다.

문제는.

"킥……."

피를 보니 뭔가가 변했다. 마치 지금까지 동자승을 꼭 잠가 두고 있던 어떤 걸쇠가 풀리듯, 광기가 틈을 비집고 흘러나왔다.

화아아악!

손을 날렸다. 피를 봤는데도 멈추지 않고서!

아직 경지가 낮았지만, 피를 보기엔 충분한 무공이었다.

"아아악!"

결국 처음 피를 봤던 아이가 중상을 당했다. 계속된 공격을 막지 못하고, 부상을 입다가 당해 버렸다.

고통을 이겨내지 못한 건지 기절을 한 채였다.

그제서야 동자승은.

"이, 이게…… 대체……."

정신을 차릴 수 있었다. 피를 한참 보고나서야 완전히 정신을 차리는 데 성공했다.

그리곤 자신이 한 짓에 대해서 놀랐다. 피를 봤다는 것에,

그리고 광기에 젖어 그 피를 더 보려 했다는 것에 전부!

방금 전까지의 자신은 자신이 아니라는 느낌에, 자기 자신이 생경하게 느껴질 정도였다.

놀라서 당황을 하고 있는데 당황스런 목소리가 들려왔다.

"잘했다."

말릴 수 있음에도 말리지 않던, 그들의 스승이라는 자.

동자승의 스승이 된 자이며, 스님이 사형제라고 밝힌 자가 되레 칭찬을 해 왔다.

第十二章
잔혹사

그게 시작이었다.

동자승의 짧은 지식으로도 뭔가 어긋났다는 것을 깨달았지만, 늦은 지 오래였다.

여기서 뭔가 다른 것을 시도하기에는 그는 너무 어렸다.

또한 암자의 분위기가 그를 따라주지를 않았다. 다들 칭찬을 해주는 스승을 이상하게 보기는커녕, 부러워하는 눈빛으로 보았다.

의문을 제시하는 그가 이상한 것처럼 느껴질 정도였다.

또한 보상이 들어왔다.

"이게 오늘부터 네 침상이다. 식당을 갈 때는 이 패를 챙기고 가도록 해라."

"……예?"

"네 패라고 했다."

바로 침상부터가 달라졌다.

전에는 또래에 비해 큰 몸집을 가진 동자승이 쓰기엔 조금 작은 침상이었더라면 지금은 동자승이 눕고도 또래 하나는 더 누울 만큼의 침상으로 변했다.

침상이 달라지며 아예 방 자체가 달라졌다.

동자승이 느끼기에 여전히 궁궐 같은 크기의 암자 아닌가. 밖에서 보기에는 작은 암자이지만, 안으로 크게 뚫려 있었다.

동굴을 이어서 만든 건지, 땅굴을 따로 판 건지는 몰라도.

'이런 데도 있구나…….'

여기서 지낸 지 벌써 몇 달이 된 동자승으로서는 처음 보는 방이었고, 처음 느껴보는 포근한 침상이었다.

그리고 중요한 건.

'패…….'

띠가 두 개 있는 패. 전에 사용하던 패는 한 개짜리 패였다.

'더 좋은 건가…….'

패를 보며 동자승은 이곳에 처음 왔을 때를 생각했다. 그

때에는 패가 뭔지도 몰랐다. 받으라고 해서 받았지만 어디서 쓰는지도 몰랐다.

그리고 바로 저녁이 되고 그 쓰임새를 알았다. 패는 먹는 데 쓰는 거였다.

식당이라는 곳. 누가 음식을 만드는지는 모르지만, 그 음식을 지키고 배분하는 자들은 몇이나 있었다.

그리고 그들은 아주 철저하게 상, 중, 하를 나누었다.

가장 맛있어 보이는 것. 그걸 먹으러 동자승이 달려갔을 때.

"패."

"패요?"

"그래. 들어와서 받은 패를 보여줘."

동자승을 막아서며 패를 달라던 그를 동자승은 절대로 잊지 못했다.

"여, 여기요!"

뭔가 이상하다 싶었지만, 동자승은 품에 있던 패를 꺼내서 줬었다. 한 줄짜리 패였다.

그리고 그 패는 바로.

"안 돼. 여기는 세 줄부터다."

"……예?"

거절을 당했다.

동자승으로서는 이해를 할 수가 없었다.

주지와 있을 때는 이런 일이 없었다.

풍족하진 않았어도, 절 내에 있는 음식은 주지와 동자승의 것이었다. 거절이라는 건 상상에도 없었던 일이었다.

하지만 여기는 그게 당연했다.

"다른 패를 받아야 한다고."

"그게 무슨 말이에요?"

가타부타 설명도 없었다.

그저 줄 수 없다는 냉혹한 답만 돌아올 뿐이었다. 단호한 표정이었다.

고작해야 식사일 뿐인데도 그랬다.

'남을 건데⋯⋯.'

척 봐도 이곳에 있는 자들이 다 먹고도 남을 양인데도 기회는 절대 주어지지 않을 듯했다.

"설명은 없다. 다음. 다음 와."

결국에는 축객령까지 내렸었다.

저쪽이나 가라는 듯 휘휘 손을 내저었었다. 그리고 그때 먹었던 음식은.

'풀죽⋯⋯.'

약간 기름기를 띠는, 암자에 있을 때의 음식보다 더 맛이 없는 밋밋한 죽이었다.

그래도 용케 먹고도 배고픔은 느껴지지는 않았다. 하지만 그뿐.

배고픔도 없었지만, 배부른 느낌도 없었고 식도락이라고 하는 건 느끼려야 느낄 수도 없었다.

그때부터 식사시간마다 얼마나 부러웠는지 몰랐다.

그보다 나이 많은 자들. 혹은 좀 두각을 보이는 아이들은 분명 그가 먹는 풀죽과 다른 것을 먹었었다.

그게 부러웠는데.

'……드디어 얻었다.'

잔인하게 싸움을 벌이고 나서야 생각지도 못했던 게 주어졌다.

뭔가 이상하다고 느껴지기는 했던 동자승이지만, 이상함을 느끼는 감정과는 반대로 손으로는 패를 꽉 쥐는 동자승이었다.

거부하기에는 보상이 너무 달콤했다.

삼시 세 끼. 매 끼니마다 느껴지던 불평등이 조금은 사라질 그런 패다. 그러니 달콤하지 않을 수가 있겠는가.

분명 뭔가 이상하기는 했지만.

'내가 이상한 게 아닐 거야…… 그렇겠지? 아마…….'

밥이라는 것과 잠자는 침상. 의식주 중에 두 개나 차지하는 것이 바뀌게 되자, 자신도 모르게 합리화를 할 수밖에 없었다.

두 개의 띠를 가진 패는 그때부터 동자승의 보물이 됐다.

"후후……."

그런 동자승을 보던 스승은 어쩐 일인지 평소 짓지도 않던 흐뭇한 표정을 지어줄 정도였다.

동자승의 모습은 분명 부자연스러웠지만, 이곳에서는 이게 자연스러운 모습이었다.

주변의 분위기가 피를 보는 걸 이상하게 여기기는커녕, 오히려 자랑스럽게 여기지 않는가.

이성보다 본능이 앞설 아이에게 본능적인 보상을 제시해주지 않는가. 그걸 지적해 주는 자는 아무도 없지 않은가.

그런 상황에서 변해가지 않으면 그게 더 이상했다.

그때부터였다.

"하아앗!"

푸욱─

아이는 피를 더 보기 시작했다. 전에는 어떻게든 상대를 크게 상하게 하는 걸 피했더라면, 지금은 그게 아니었다.

"……컥."

잔혹한 수를 써서라도 손을 박아 넣었다.

안 그래도 패도적이고, 익히는 속도만큼은 아주 빠른 무공이었다.

본디 하수가 고수보다 배움의 속도가 빠르다지만 이 무공은 그 정도가 더 심했다.

그렇게 하루하루 강해져 가는 아이가 강하게 힘을 쓰면.

푸아악!

전에 봤던 피가 다시 튀는 건 이상한 일도 아니었다.

"아아아악!"

공교롭게도 이번에 당한 아이도 그때 그 아이였다.

부상을 당했다가 한동안 보이지 않더니, 오랜만에 와서 한 게 또 대련이었다. 같은 상대인 동자승이었고, 같은 상대에게 그대로 패배했다.

차이가 있다면 그때보다 더욱 잔인한 수에 당했다는 것뿐이었다.

"허허……."

"와."

아이들은 또 부럽다는 듯이 바라봤고, 스승은 흐뭇해했다.

동자승의 반응도 달라졌다. 전에는 얼떨떨해했다면, 이번에는 의기양양했다. 아이들이 자신을 바라보는 시선을 즐겼다.

본래는 그러한 성격이 아니었지만, 그때부터 동자승은 포악해져 갔다.

그때 스승에게 말했다. 아직 어려운 스승이라 평상시에는 어떤 말도 건네지 못하지만 이번만큼은 요구해도 될 거 같다 생각했다.

"이, 이번에도 달라지나요?"

"허허. 패 말이냐?"

"예!"

"아니다."

답은 거절이었다. 그렇다고 완벽한 거절은 아니었다. 그들의 스승이라는 자는 제시를 할 줄을 알았다.

"이번에는 몇 번 더 이겨야 하느니라. 그래. 지금 수준이면 세 번 정도는 돼야 한다."

"세 번이요?"

"그래."

동자승에게 피를 더 보라 말했다.

패 두 개에서 세 개로 넘어가서 그때의 진수성찬을 맛보고 싶다면, 세 번은 더 피를 봐야 한다고 말했다.

그건 잔인한 일이었다.

삼시 세 끼를 꼬박꼬박 주는 상황. 거기다 패 두 개로 먹는 식사는 결코 절에서 먹던 음식보다 부족하지 않았다.

그러니 배고플 상황이 아니었다.

그런데도 아이는 자신보다 나이 많은 자들이 먹는 그 세 개의 패의 음식이 궁금했다. 또한 자신도 그런 것들을 누리고 싶었다.

'세 번······.'

전이라면 피를 봤던 것에 대해서, 자신이 이상해져 가는 것에 대해서 이상하다고 느꼈겠지만 지금은 정반대였다.

'세 번이란 말이지.'

손을 꽉 쥐었다.

그 세 번이라는 말을 머리에 박았다. 세 번이라는 걸 채우고 싶었다. 그리곤 세 번에 딱 맞는 세 줄의 패를 받고 싶었다.

잔혹함이라는 것 대신에, 보상이라는 것에만 눈이 돌아갔다.

그렇게 아이는.

"죽었!"

점차 더 살기를 띠기 시작했다. 세 번을 채웠다. 그 세 번 중 한 번은 또 처음 피를 보게 했던 아이였다.

"억······."

마지막 대련이었다. 그때 그 아이의 부상은 굉장히 심했었다.

어설프게 아프면 비명이라도 지르지만, 진짜 아플 때에는 비명도 못 지르는 게 사람이다.

그때 그 아이가 그랬다.

팔이 동자승의 수도에 의해서 쫙 찢어져 버린 아이는, 바로 비명도 지르지 못했다.

고통에 숨이 턱 막힌 듯 아무런 말도 하지 못했다. 그리곤 그대로.

쿠우웅!

쓰러져 버렸다.

그 소리가 대련장 전체에 크게 울려 퍼질 정도였다. 누가 봐도 큰 부상을 당한 상태였다.

스승이 재빨리 다가왔다. 동자승이 근래에 배운 경공술이라는 것까지 사용했는지 그 속도가 가공할 만했다.

투욱. 툭.

순간적으로 혈을 찔러댔다. 피가 멈췄다. 그리고 부들부들거리던 아이의 떨림도 그제서야 멈췄다.

그 아이는 그 뒤로 한동안을 보지 못했다. 동자승도. 다른 아이들도 모두.

다만 스승이 어디론가 데려갔을 뿐이다.

버려야 할 것을 버리기라도 한 듯 금방 다녀온 스승은, 의복에 베인 피도 지우지 않고서 다시금 수련장에 찾아왔다.

그리곤.

'어어…… 이번엔 뭔가 잘못된 거 아닌가?'

생각보다 크게 일을 벌인 게 아닌가 걱정하며 떨고 있는 동자승에게. 대뜸 보란 듯이 손을 내밀었다.

"받아라."

줄 세 개. 동자승이 꿈에도 그리던 패였다. 세 번만 더 이기면 될 거라던 약속은 지켜졌다.

동자승은 손을 덜덜 떨면서도 거절을 하지 않았다. 바로 패를 받아들었다. 기다렸다는 듯이!

"우와……."

아이들은 또 부러워했다.

세 줄의 패라니. 여기에 있는 청년들 중에서 이 패를 가지지 못한 자들도 있었다.

어떤 기준에선지 몰라도, 그들의 스승은 꼭 세 번을 이겨야만 패를 주는 것은 아니었다.

무슨 기준이 있는 듯, 그 기준을 넘어서야만 패를 줬다. 확실히 동자승은 이들 중에서 굉장히 빠른 편인 셈이었다.

'……다들 날 봐.'

아이들 모두가 그를 바라봤다. 다들 강렬한 시선을 날리고 있었다.

아직 세 줄이 되지 못한 청년들은 그 시선이 더욱 강렬했다. 질시였다. 그때는 몰랐지만, 나중에는 확실히 알았다. 그건 질시였다.

그리고 세 줄의 패에 이어 얻어진 건.

"따라와라."

"예? 네!"

침상부터가 아니었다.

여태까지 들어가지 못한 암실에 들어가게 됐다. 패 두 개인 그로서는 허락을 못 받았다며 들어서지 못하던 그런 곳이었다.

그곳에서.

"스님?"

"오. 빨리도 왔구나."

오랜만에 그를 이곳에 처음 데려다준 스님을 보았다.

그 스님이라는 자는 이곳에 이제 막 도착을 했는지, 온몸이 땀으로 젖어 있었다. 그리고 거기에 더해서 익숙한 향이 났다.

'피?'

스님에게서 피 냄새가 났다. 바로 얼마 전, 자신이 봤던 피와 비슷한 냄새가 났다.

착각이 아니었다.

"네가 벌써 여기에 올 줄이야."

스님이 감격스러운 표정으로 그에게 다가오면 다가올수록 그 향은 짙어졌다. 이건 확실히 피 냄새였다.

겉으로는 정갈한 복장을 하고, 그 복장은 땀으로 조금 젖어 있을 뿐이지만. 실상은 온몸이 피 냄새로 가득했다.

지금까지 그 냄새를 왜 느끼지 못했을지 이상할 만큼 진득한 향이었다.

그 향을 맡고 있으려는데.

"받아라."

이번에 그 스님이 처음으로 뭔가를 줬다.

전부터 주던 다정함이 아니었다. 그건 감정이 아닌 물건이었다. 스님의 품에서 나온 건.

'뭐지?'

둥그런 뭔가였다.

대단해 보이기보다는 거부감이 느껴졌다. 피 냄새가 어디서 나는가 했더니, 이 동그란 것에서 나는 거였다.

이제는 피에 익숙해졌다고 생각했는데, 이 냄새는 너무 짙었다.

좋아하던 스님이 건네 준 건데도, 순간적으로 거부감이 다 느껴질 정도였다.

"허허……."

그가 받지 않고 가만 있으려니.

"얼른 받도록 해라!"

스승이 쏘아 붙인다. 그제서야 어쩔 수 없이 받아든 동자승이었다. 그 뒤로 끝이 아니었다.

"가부좌를 틀어라."

"예?"

퍼어억.

말을 알아듣지 못하자마자 폭력이 행사됐다.

평상시에도 거친 분위기기는 했지만, 이렇게 쉽게 폭력이 행사되지는 않았다.

그런데 이번에는 아니었다. 시간이 촉박하기라도 한 듯 어서 받으라고 했다.

"네! 네!"

얼른 가부좌를 틀었다. 처음에는 익숙지 않아서, 고통스럽기만 한 자세였지만 지금은 되레 편해진 그 자세였다.

순식간에 틀고 바라본 스님은, 자신의 가부좌를 바라보며 흐뭇하다는 표정을 지을 뿐이었다.

'안 말리시나……'

자신이 맞고 있는데도 그는 막을 생각이 전혀 없어 보였다. 되레 가부좌를 제대로 튼 그를 만족스레 바라봤다.

자신이 빚은 어떤 작품을 바라보는 그런 표정이었다.

그 뒤 바로 기다렸다는 듯 스승의 명령이 떨어졌다.

"받은 것을 먹어라."

"……네."

이번에는 되묻지 않았다. 바로 행했다.

'어?'

안으로 스륵 들어온 핏빛의 동그란 환은 입에 들어오자마자 녹듯이 사라졌다.

삼킨 게 아니었다. 정말 들어오자마자 완전히 녹아버렸다.

그건 꽤 이상한 느낌이었다. 미끈한 뭔가가 식도를 타고 슥 들어가는 느낌은 아무 때나 느낄 수 있는 것은 아니었다.

그리고 뒤를 이어서.

"억!?"

온몸이 불에 타기라도 하는 듯한 고통이 찾아왔다.

뜨거운 뭔가가 몸에 들어 온 느낌이었다.

통제가 되지 않는 뭔가였다. 열심히 만들었던 가부좌 자세가 절로 풀릴 만큼 강한 고통이 몰려왔다.

그런데 스승은 다가오지도 않고 명령만 내릴 뿐이었다.

"자세를 유지해라! 그리고 어서 혈성이원심법을 펼쳐!"

"……어어억."

어서 심법을 펼치라 말했다.

혈성이원심법(血性二元心法). 그가 이곳에서 익힌 무공이다.

그에게 아이 같지 않은 움직임을 선사해 주고, 또한 그의 성정을 잔혹하게 변화시켜 준 무공이기도 했다.

할 때마다 겁이 나던 무공이었다.

하지만 지금은 겁이 안 났다. 또한 안 할 수가 없었다. 해야만 할 거 같았다. 그것은 본능적인 깨달음이었다. 안 하면.

'죽어……'

이 타오르는 고통에 죽을 거라는 생각이 들었다.

어떻게 했는지 모르겠지만, 고통을 이기고 몸이 움직이기 시작했다.

생존본능이라도 발동한 건지 평소 집중하기 힘들던 심법에 바로 빠져들 수 있었다.

그리고 한참 뒤.

'……편하다.'

자신을 뜨겁게 태울 듯이 몰아붙이던 기운은 자신의 것이 됐다.

본래 자신의 것이라도 되었던 듯, 처음 단전이라고 배운 곳에 안착했다. 전보다 몇 배는 더 기운이 강해진 느낌이었다.

"허허. 잘했다. 역시 재능이 있었어."

눈을 뜨고 가장 먼저 바라본 것은 스님이었다. 그 스님은 아까보다 더욱 짙어진 미소를 짓고는 만족하고 있었다.

"이게 뭔가요?"

"영약이다."

"이런 게 영약이군요……."

"그래. 꽤 강해지게 해주는 녀석이지. 만드는 데 여러 가지가 필요하지만…… 효과는 확실하다. 그걸 얻어내다니. 아주 잘했다."

"헤헤……."

힘든 일이라도 해낸 듯 몇 번이고 칭찬을 해 줬다.

전에 느꼈던 고통스러움이 다 사라지는 느낌이 들 정도로 푸근한 미소였다.

그게 세 번째 패를 얻었을 때 받은 최고의 보상이었다.

第十三章
나눔

　그 뒤. 그 보상을 즐겼다.

　"와아……."

　세 개의 줄이 그어진 패가 주는 음식은 확실히 맛있었다.
지금까지 느껴보지 못한 맛들이었다.

　고기가 섞인 음식도 있었다.

　'고, 고기인가?'

　처음에는 동자승인 자신이 고기를 먹어도 되나 싶었지만,
그 거부감은 금세 사라졌다.

　다들 비슷한 복장을 입고서도 고기를 먹었다. 오직 동자
승만 먹지 않았을 뿐이었다. 안 먹는 그가 이상해 보일 정도

였다.

'맛있어. 어?'

그리고, 어쩐지 몇 번 느껴본 맛이었다.

이유는 알 수 없었다. 그런데 익숙했다. 두 개의 줄이 달린 패를 사용해서 먹던, 정체 모를 음식들. 그것들이랑 비슷한 맛이 났다.

좀 더 고급스럽고, 풍미가 가득한 맛으로 변했을 뿐이었다.

'나…… 전에도 먹었던 건가.'

그때는 아주 얇게 썰어져서 몰랐을지도 몰랐다. 아니면 훈련으로 지쳐서 못 느꼈거나.

어쨌건 자신은 이미 전부터 조금씩 고기를 먹고 있었다.

그렇게 알고 나니.

'……상관없겠네.'

처음 고기를 먹게 됐다는 것에 대한 죄책감도 거부감도 전부 사라졌다.

어차피 전부터 먹었더라면, 더 즐겨도 된다는 생각이 들었다. 그리고 그때부터 동자승은 고기를 즐겼다.

그 누구보다도 많이, 더 많이!

세 개의 줄이 새겨진 패를 가지고부터는, 자신이 먹고 싶은 만큼 먹을 수 있었기에 부족할 것도 없었다.

동자승은 그렇게 점점 변해가면서 커갔다.

처음의 착했던 심성은 흉포하게. 안 그래도 컸던 덩치는 더욱 크게. 무공은 더욱 잔혹하게.

그렇게 변해 갔다.

＊   ＊   ＊

권법을 익힌 지 꽤 시일이 지났다. 그 사이 많은 아이들이 사라졌다. 특히 오랜 시간이 지나도 패가 변하지 않은 아이들이 사라져 갔다.

그러다 변화가 일어났다. 심화가 됐달까.

"오늘부터는 심법에 이어서 권법도 본격적으로 배우도록 한다."

"권법을요?"

"그래. 네게는 가장 적성이 잘 맞는 듯하니, 권법이다."

동자승에게는 권법을 배우라고 말했다.

어차피 거절이라는 건 생각지도 못했다. 익히라 말을 하니 익힐 뿐이었다.

"하아압!"

안 그래도 주먹질은 꽤 했다. 십팔반병기라고 하는 것들도 익혀왔다.

그게 조금 더 심화됐을 뿐이었다. 처음 배우는 권법은 그를 좀 더 강하게 해줬다. 공격에 격이 있게 해 줬다. 또한.

'재밌다!'

동자승이 푹 빠져들 만큼 재미가 있었다.

*　　*　　*

시간이 더 지나갔다.

동자승의 덩치는 더 커졌다. 아주 많이 커져서 이제는 스승보다도 더욱 큰 덩치를 갖게 될 정도였다. 물론.

"으윽……."

"아직 주먹이 느리구나."

"죄, 죄송합니다."

아직 스승을 따라잡기에는 멀었다.

청출어람(靑出於藍)이라는 말이 다 거짓인 양 느껴질 정도로, 그들의 스승은 강했다.

또한 여러 가지를 다룰 줄 알았다.

그 혼자서 많은 걸 가르쳤다.

누군가에게는 검법을. 또 누군가에게는 학문을. 또 다른 누군가에게는 뭔지 모를 주술 같은 걸 가르쳤다.

동자승에게 권법을 가르친 것도 스승이었다.

그들이 보기에 스승이란 자는 다방면을 다 아는 그런 존재였다.

또한 가장 강했다. 아직 제자들 중에서 그 누구도 스승을 따라잡은 존재가 없었다.

* * *

그래도 동자승도 점차 강해져 갔다.

어느 날 완벽하게 스승을 이기지는 못해도 적당히 상대가 가능해질 즈음에.

"흠…… 이제는 경공에…… 그래, 너는 외공을 더 더해야겠다."

"내공을 익히면 외공은 안 된다고 하셨지 않습니까?"

"아니다. 혈성이원심법은 가능하다."

한참 동자승을 보며 뭔가를 가늠하던 스승은, 그에게 외공도 가르쳤다.

금강필사(金剛必死).

외공이라고 하기에는 괴이한 이름을 가진 무공을 동자승에게 가르쳤다.

"으음……."

그건 또 다시 고통이었다.

퍼어억. 퍼어억. 퍼억.

줄 두 개를 가진 아이들이 끊임없이 동자승을 쳤다.

"크흐……."

금강필사에 적힌 구절을 외우는 그에게, 계속적으로 공격
이 날아왔다.

"죽어! 죽어! 죽어!"

"하아압!"

아이들은 아주 악다구니를 사용해 대면서 동자승을 몰아
쳐갔다.

'대체 왜…….'

처음에는 억울했다. 왜 무공을 익히는 데 이렇게 당해야
하나 싶었다. 하지만 그만큼 날이 갈수록 강해졌다.

나중에 가서는.

터어억.

아무리 둘 두 개를 가진 아이들이 쳐대도 간지러울 정도가
됐다.

금강필사라는 이상한 이름을 가진 무공은 그에게 확실한
강함을 가져다 줬다. 그리고 어느 날.

"죽이고 싶으냐?"

"예?"

"너를 공격하던 놈들을 죽이고 싶냐 이 말이다."

스승이 물었다. 꽤 오래 여기 있던 동자승. 여러 가지를 배우고 성장한 그지만 생각지도 못한 물음이었다.

다만 그 물음에 동자승은 솔직히 답했다.

"⋯⋯예."

"그럼 됐다."

그 뒤로 그 아이들을 볼 수가 없었다. 영영.

그리고 대신에.

"받아라."

"어? 이건⋯⋯."

"혈원(血元)이다. 알지 않느냐?"

"⋯⋯예."

사라진 아이들의 수와 딱 똑같은 혈원을 가져다줬다. 혈원은 전에 처음 얻었던, 그 핏빛의 둥근 영약과 같은 거였다.

'뭔가 이상한데⋯⋯.'

사라진 아이들과 같은 수라니. 혹시 사라진 아이들을 재료로 사용한 게 아닌가 생각이 들 정도였다.

동자승도 바보는 아니기에 의문은 짙어졌다. 하지만 어차피 처음부터.

"어서 흡수하거라!"

거절이란 선택지는 동자승에게 있지도 않았다.

이제는 동자승이라고 하기에는 너무 커버린 그였지만, 아직도 스승은 무서운 존재였다.

스승에게 감히 항명한 자들은 현재 하나도 없었다.

'……죽었지.'

물론 아주 없는 건 아니었다. 딱 한 번 스승에게 칼을 빼든 자가 있었다. 그리고 그자는.

"……쯧. 불량이로구나."

불량이라는 말을 듣고는 그대로 사라졌다.

어디로 갔는지는 모두 알았다. 속세를 떠나 저승으로 갔다. 죽었다는 소리다.

스승은 더는 자신에게 덤벼드는 자들을 용납할 수 없다는 걸 알려주듯이, 아주 잔혹한 손속으로 항명한 자를 죽였다.

단 일 수에. 피떡을 만들었다.

거기에 있는 모든 아이들이 보란 듯이!

이미 피를 여러 번 봤던 동자승이지만 그때의 그 광경은 여전히 잊을 수 없는 그런 광경이었다.

그 뒤로 스승에게 감히 항명을 한다는 생각은 한 적이 없었다. 하지도 못했다.

"크으윽……."

그래서 삼켰다.

단 번에 네 개. 하나도 어려웠는데 네 개라니!

내공이 전에 비해서 곱절은 더 늘었지만, 이건 아니었다.

너무 고통스러웠다. 하지만 스승이 그리 말하니 안 할 수가 없었다.

'흐으……'

입으로 말이 튀어나오지도 않았다. 입이 열리지도 않았다. 너무 고통스러웠다.

"어서!"

어서 하라는 말을 바로 알아들었다. 어서 영약을 흡수하라는 이야기였다. 안 할 수가 있겠는가. 해야 한다.

"……큽."

바로 심법을 돌리기 시작했다. 살기 위해서라도 빠져들었다. 자신의 생각 이상으로 자신은 삶에 대한 집착이 심한 듯했다.

'집착은 허상이라 했는데……'

주지스님이 말하던 말이 심법을 돌리는 와중에도 생각나는 건 왜였을까.

＊　　　＊　　　＊

흡수해 내는 데 성공했다. 그 뒤. 영약의 수와 같은 네 개의 줄이 새겨져 있는 것을 받았다. 다만 웃긴 건.

"이제부터는 안가로 간다."

장소를 옮겼다는 사실이었다.

'어떻게 이리 넓은 거지.'

안가는 상상 이상으로 넓었다. 그의 식견이 짧기는 하지만 안가가 넓다는 것만큼은 알 만한 상식은 있었다.

이런 계속해서 이어지는 건물을 지었다면, 그건 대공사였을 거다.

그런데도 어릴 적부터 이곳에서 살았던 동자승은 이곳이 지어질 때 이리 큰 공사인 줄을 몰랐다.

'어리기는 했지만……'

아무리 어렸어도 암자가 지어지는 건 대충 봤었다. 밤낮으로 일하는 줄 알았지만 그리 큰 공사인 줄은 몰랐다.

근데 이 정도로 컸다니. 꽤 오래 이곳에서 지냈는데도 다시 생경한 느낌이 드는 그였다.

"오늘부터는 여기다. 수련장도 바뀔 게야."

"허……"

안은 더 대단했다. 침상이 큼은 당연하고, 그가 보지도 못했던 자들이 보였다.

"네 사형들이다."

"……예."

그들의 수는 많지는 않았다. 기껏해야 열댓 명 정도. 고작해야 이 정도의 수가 이 넓은 안가의 안쪽을 쓴다는 것이 이상한 느낌이었다.

거기다 사형들이라니.

전에는 사형이나 사제라는 말을 사용한 적이 없었다. 그런 말을 쓰게 하지도 않았다. 따로 가르쳐주지도 않았다.

그런데 이제는 몇 년간 본 아이들이 아닌, 이자들을 사형이라고 부르라고 한다.

"네가 막내로군."

"흠……."

그곳에 있는 자들은 그걸 자연스레 받아들였다. 그게 당연하다는 듯이.

잠깐의 소개는 그게 다였다.

"……태사부를 보러 가자."

"예……."

그 뒤 태사부라는 자를 봤다.

수염이 하얗게 자란 그는 사람 좋아 보이는 인상을 가지고 있었다.

'인자하다…….'

행동 하나하나에 기품이 어려 있었다. 척 봐도 고매한 자인 느낌이었다. 인정이 많아 보였다.

그런데 스승은.

"사, 사부를 뵙사옵니다."

"그래. 또 새로운 아이라고? 예상보다 빠르구나."

"……그렇습니다. 운이 좋았습니다."

"운이라…… 아니다. 네가 잘했다."

"가, 감사합니다. 그럼 바로 데려가겠습니다."

"그래."

스승이 누군가를 그리 어려워하는 건 그때 처음 봤다.

누구보다도 잔혹하고, 강하며, 많은 것을 안다고 생각했던 스승인데 태사부를 보던 그때만큼은 어떤 때보다 작아 보였다.

두려워하는 게 눈에 보였다. 마치 자신이 스승을 어려워하는 것처럼. 스승도 태사부를 어려워했다.

인자해 보이기만 한 태사부를 왜 그리도 어려워하는지 이해가 안 갈 정도였다.

누가 봐도 태사부는 선해 보이는 인상이었다.

'내가 이상한 건가…… 그렇겠지.'

하지만 그걸 굳이 입 밖으로 내지는 않았다. 그 정도의 눈치는 동자승도 있었다.

게다가 여기는 어차피 뭔가 이상했다. 이상하다고 느끼는 것도 결국엔 당연한 게 됐다. 이상함을 또 표할 필요는 없었다.

다만 그 뒤로.

"억……."

꽤 많은 패배가 이어졌다.

전에는 대련을 하면 높은 확률로 승리를 했는데, 지금은 대다수가 패배였다. 상대가 실수라도 하지 않는 이상은 승리를 하는 것도 어려웠다.

운이 따라줘야만 했다.

그만큼 이곳에 있는 자들의 수준은 높았다.

그동안 자신이 우물 안 개구리였다는 게 확실히 느껴질 정도였다.

그래도 금방.

"잘하는구나."

"옙!"

따라잡았다. 머리는 안 좋아도, 자신의 근골은 나쁘지 않은 건지 몰라도 무공에는 재능이 확실히 있었다.

처음에야 계속해서 말려들었지만, 외공을 앞세우고 손으로 피를 보는 방식은 차차 먹혀들어 갔다.

처음이 어려울 뿐이지, 적응을 하면 쉬워져 갔다.

그렇게 쭉 이어져 간 수련은 평생 갈 줄만 알았다.

'좋군. 오늘도 고기인가.'

고민도 없었다. 이 무공으로 뭘 해야 하는지도 생각하지 않았다.

머리는 자랐지만, 나머지는 여전했다.

본능대로 살아갔다.

먹을 게 주어지면 그걸 먹고. 특히 어릴 적 먹지 못했던 고기를 배터지게 먹는 걸 좋아하고.

무공이 강해져서 이기면 이기는 대로 좋고. 그런 식이었다.

사람의 말을 쓰고, 의복을 입고, 수련을 하는 생활을 하기는 하지만 그건 반쯤 짐승이나 다름없는 생활이었다.

아니 어떻게 보면 누군가에 사육당하는 가축이기도 했다.

가축과 다른 점은 말을 할 줄 알고, 그것들보다 더 강하다는 것 정도였다.

그래도 만족스레 살았다. 그때가 좋았다고 할 만큼.

그러다가.

"흐음······."

자주 나서지도 않는 태사부가 나섰다.

*   *   *

"너는 이쪽으로. 그리고 너는 이쪽으로 가라."

그는 품평이라도 하는 듯 한참 그들을 바라보더니, 모두를 둘로 나누었다.

사형제라고해서 딱히 정이 있다거나 하는 건 아녔지만, 이렇게 나눠지는 건 또 처음이었다.

'강한 자들이다.'

딱 반반 나눠졌다.

좌측에는 강한 자들이. 우측에는 약한 자들이 있는 식이었다.

근데 아쉽게도 자신은 약한 쪽으로 갔다.

'제길……'

이건 뭔가 안 좋았다.

시간이 부족했다. 근래 들어서 이겨나가기 시작했는데, 아직 태사부가 보기에는 그것조차도 약한 쪽으로 생각하는 듯했다.

하필이면 약한 쪽으로 갔다. 패배가 많아서 그럴 거다. 아니면 태사부의 눈에 보기에 뭔가 있는 것일지도 몰랐다.

스승의 스승이니 무공을 익힌 건 분명한데, 그가 보기에 태사부는 일반인 같은 느낌이었으니까.

자신의 기운을 숨길 수 있다 하는 반박귀진의 경지에 가 있는 걸지도 몰랐다.

어쨌건 그런 태사부에게서 약한 쪽으로 분류가 됐으니 안 좋았다.

"데려가라."

"예."

태사부의 말에 사부는 사형들을 데려갔다. 그때 보지도 못했던 자들이 곳곳에서 여럿 등장했다.

암행복을 입은 자들도 모습을 드러내기도 했고, 사부와 같은 나이 대의 자들도 보였다.

'이렇게나 많았나……'

이곳에는 자신들의 사형제나 스승을 제외하고는 사람이 없는 줄 알았는데, 암자의 안에는 생각 외로 많은 자들이 있었다.

암자(庵子)가 괜히 크기만 큰 곳인가 했지만, 그게 아니었다. 많은 자들이 머무르고 있었다. 그만 몰랐을 뿐이었다.

그자들이 전부 사라지자. 태사부는.

"너희들은 너희들이 알아서 살아보도록 하거라."

알지 못할 마지막 말을 남기고서는 사라졌다.

                    *   *   *

그게 다였다. 그 뒤로 모든 것들이 사라졌다.

"어?"

식사 때가 되어도 식사가 나오질 않았다. 그를 봐주던 사부도 사라졌다. 들어왔던 곳을 나와서 다른 곳으로 가도 아무엇도 없었다. 그 아이들도 전부 없었다.

핏자국 몇몇만이 이곳에 사람들이 살았던 흔적의 다였다. 핏자국이 흔적의 전부라니! 그것만큼 괴이한 일도 또 없었다!

'혈원의 제물이 됐을지도 모르지……'

전이야 몰랐겠지만 지금은 안다.

자신 같은 자도 버리지 않는가. 자신보다 못한 아이들을 혈원의 제물로 사용하는 것쯤은 저들에게 어려운 일이 아닐지도 몰랐다.

"하……"

그렇게 시간이 지나갔다.

그래도 식자재 같은 건 남아 있었다. 백곡단도 조금은 있었다. 그걸 먹고 버텼다. 하지만 결국.

"나는 가야겠다."

"어딜 간단 말이오, 사형."

그 사람은 가장 나이가 많던 사형이었다. 나이는 많지만, 약한 편에 있어서 동자승과의 대련에서 몇 번은 졌던 사형이다.

아마 가장 약한 자가 아닐까 싶었다.

그래도 스승이 살려둔 이유는, 그가 머리가 제법 돌아가서일지도 몰랐다. 진법이라는 걸 꽤 잘 다루는 것으로 알았다.

그는 이미 마음의 결정을 내린 듯 했다. 나가기로.

"모르겠다. 여기보단 낫겠지. 어차피 내가 원해서 온 것도 아냐. 끌려왔을 뿐이다."

"어? 그렇습니까?"

이건 좀 의외였다.

그가 끌려왔다니? 자신처럼 제 발로 들어온 게 아닌가? 동자승 일을 하다가 안으로 들어온 것이 아니었나?

'이상한데……'

역시 뭔가 이상했다. 하지만 답을 알 수 없는 문제에 매달릴 만큼 바보는 아니다. 그냥 넘어갔다.

"그래. 뭐 그게 중요하겠나. 나는 나가려는데, 같이 갈 아이들 있느냐?"

"……저도 가겠소이다."

몇 명이 빠져나갔다. 가장 나이가 많은 자를 따라서 대다수가 빠져나갔다.

그게 시작이었다.

며칠을 버티고 버텨도 사람이 오질 않으니, 당연히 예정된 일일지도 몰랐다.

"나도 가야겠다."

"나도. 대체 무슨 이유에서 버림받은 건지 이유라도 알아야겠다."

다들 여기에 있으면 죽을병이라도 걸릴 듯 벗어나기 시작했다.

아직 남아 있기는 하지만, 식량이 거의 다 떨어져 가는 것도 그들을 움직이게 한 동기가 되기에는 충분했다.

동자승을 제외한 모두가 떠나갔다.

하지만 동자승은 떠날 수가 없었다.

'어딜 가…….'

이제 동자승이라는 말을 듣기에는 너무 많은 나이를 먹었지만, 그래도 움직일 수가 없었다.

그에게는 여기가 전부나 다름없었으니까. 멀리 떠날 생각은 들지 않았다. 그냥 그가 있는 곳이 전부였다.

그래도 다행인 건.

'식량이 많아졌어.'

이곳에 있는 자가 떠나고 혼자 남으니 식량은 자신의 차지가 됐다. 더 버틸 수 있는 셈이었다.

무공을 다듬으면서 오래도록 버텼다. 하지만 식량은 결국다 떨어졌다.

그제서야 나섰다.

'암자를 벗어나도 주지스님의 절이 있을 거야.'

사실 주지가 있는 건 그도 머리론 알고 있었다. 처음부터. 그런데 예감이란 게 있지 않은가. 느낌이 안 좋았다.

가면 안 될 것 같은 느낌. 가게 되면 보지 말아야 할 걸 보게 될 것 같다는 느낌. 그런 느낌이 들었었다.

그럼에도 방법은 없었다.

'굶어 죽을 수는 없으니까.'

결국 죽지 않기 위해서 발을 디뎠다.

第十四章
그곳에는……

　동자승일 적에 들어갔던 암자도 컸고. 주지가 머무르는 본관이랄 수 있는 절도 컸다.

　그때는 다 컸다.

　하지만 훌쩍 커버리고 보게 된 절은 어릴 적 뛰어 놀던 그 때보다는 훨씬 작아 보였다.

　넓기만 해 보이던 대전도, 암자에 있는 수련장 하나만 못 했다.

　이불을 깔고 머무르던 보금자리도 생각보다 더 작았다.

　머릿속에 있는 절은 크기만 했는데, 지금 보니 절은 꽤 작 았다.

'암자에 오래 머물러서 그럴지도⋯⋯.'

너무 큰 곳에 머무르고 있다 보니, 작아 보이는 걸지도 몰랐다. 그런데 어째.

"연기?"

다가가면 다가갈수록 짙은 연기가 나는 것일까. 거기다 사람이 왜 이리도 많은 것일까.

동자승의 복장을 한 그대로 달려갔다. 그리고 그가 본 광경은.

"죽여! 죽이라고!"

"다 태워버려!"

광기에 휩싸여서 불을 지르는 자들이었다.

산적? 아니었다.

이곳은 평화로운 곳이다.

그는 보지 못했지만 소림이라는 큰 절도 있는 성이라 들었다. 이 성에서 가장 큰 절은 그곳이라 들었다.

하남은 그런 성이다.

그런 곳에 꽈리를 트는 산적 따위는 있으려야 있을 수가 없었다. 설사 있다고 하더라도 금세 사라질 게 뻔했다.

소림사에서 말하는 계도라는 토벌을 당하겠지.

저들은 양민이었다.

'양 아저씨?'

익숙한 얼굴들도 있었다. 그가 동자승이던 시절, 자주는 아니지만 가끔씩 찾아오는 향화객들이 분명 몇 있었다.

수가 적으니 다 기억을 할 수 있었다.

그때 이번에 태어나는 막내를 위해서 불공을 드린다면서 올라왔던 양 아저씨도 있었다.

그런데 그 아저씨가 가장 열심이었다. 다름 아닌 절을 태우는데!

"다들 뭐하는 겁니까!"

크게 외쳤다. 태어나서 가장 크게 외친 것일지도 몰랐다. 내공까지 실었다.

"우와."

"뭐, 뭐시여!"

사자후 정도는 못 돼도 양민인 그들을 잠재우기에는 충분한 목소리였다.

모두가 멈췄다. 젖었던 광기가 잠시 사그라들었다.

'됐다.'

하지만 그것도 잠시였다.

동자승이 향화객이었던 자들을 알아보듯, 그들도 동자승을 알아봤다.

나이를 먹고 덩치가 커졌지만, 아직도 예전의 얼굴이 남은 듯했다. 그걸 용케도 알아봤다.

"저, 저거! 없어졌다던 동자승 아녀?"

"저놈도 한패야?"

"맞을 거여! 없어졌다고 하더니, 사실 저놈도 같이 일을 벌린 게 분명하다고!"

"죽여! 죽이자고!"

그리곤 바로 광기에 젖었다.

자신을 보면 귀여워만 하던 자들이 적의를 보였다.

대련을 할 때나 가끔 보던 살기까지 흘린다. 무공을 익히지 않은 양민들이기에 그 살기는 수준이 조악하기 그지없지만 살기는 살기였다.

생각지도 못한 일이었다.

"뭐, 뭐요……."

동자승은 당황했다.

"죽여! 죽여!"

낫을 든 자들. 어디서 구했는지 곡괭이를 든 양민들이 달려들었다.

"뭐, 뭐……."

목소리를 들어 무공을 익힌 걸 알 텐데도 미친 듯이 달려들었다. 겁도 먹지 않았다. 뒤가 없는 사람처럼 달려들었다.

알 수 없는 소리도 날렸다.

"네가 죽였지! 너도 죽였을 거야!"

"내 애를 내놔!"

"죽어라! 아니 죽은 내 아내를 돌려놔!"

광기 그 자체.

몸은 컸을지언정, 정신적으로는 미숙한 동자승에게 그 광기는 충분히 두려운 광기였다.

무공에 상관없이, 저들이 흘리는 광기는 겁을 줄 만했다.

그리고 겁이라는 건 때로 광기처럼 이성을 마비시킨다.

후우웅!

누군가 휘두른 곡괭이가.

'안 돼!'

절세의 무공으로 펼친 공격과 같이 느껴졌다. 겁을 먹어 더욱 과장되게 느껴졌다. 그래서 손속이 잔혹해졌다.

힘을 더 줬다. 필요 이상으로 내공을 사용했지만 그는 몰랐다.

후욱—

바로 손을 휘두를 뿐이었다.

콰즉!

곡괭이가 그대로 부러져 버린다. 반 토막이 난다. 그걸로도 모자라 손은 멈출 줄을 몰랐다.

"······억!"

그대로 가슴팍에 동자승의 손이 작렬한다. 가슴팍을 터트리기에 동자승의 힘은 차고 넘쳤다.

피가 터져 나온다.

피. 시뻘건 피였다. 그 피가 겁을 더욱 증폭시켰다. 아니 참고 왔던 광기를 증폭시켰을지도 모르겠다.

동자승에게는 저들이 마귀로 보였다. 저들은 자신을 이상하게 만드는 마구니들이었다.

저들이 잘못된 거였다. 자신은 단지 절로 돌아왔을 뿐인데, 저들이 공격을 하지 않는가.

그의 보금자리였던 절을 불태우려고 하지 않는가. 그거면 충분했다.

이미 한번 불이 붙은 광기가 증폭되는 데는 그 정도 이유로도 차고 남았다.

"죽어어!"

달려드는 자들을 바로 공격했다.

"으억."

바로 내장을 터트렸다. 그들은 자신의 사형들처럼 공격을 막아낼 줄을 몰랐다.

단 일 수만 날리면 그들은 바로 자신의 걸 내줬다. 사람에게 가장 소중하다고 할 수 있을 목숨을 내줬다.

"도, 도망쳐……"

"도망쳐서 뭐하나! 이미 다 죽은 걸!"

이번엔 반대로 양민이 겁을 먹기 시작했다. 도망치는 자들이 생겼다.

그래도 끝까지 덤벼드는 자도 분명 있었다. 사람이 많은 만큼 가지각색의 반응이 나왔다.

하지만 결과는 같았다.

"크흐…… 죽어! 마구니들!"

퍼억. 퍽.

머리를 터트렸다. 단숨에 배를 찢어발겼다. 내장이 툭 튀어 나왔다. 다리를 끊어버리기도 했다.

'마구니다. 마구니야!'

누가 마구니인 건지, 그걸 판단해 줄 자는 아무도 없었다.

오직 마구니라고 외치면서, 저들에게 죽음을 선사해 주는 동자승, 아니 동자승이었던 광자만 남아 있었다.

양민들이 전부 처리되는 건 순간이었다.

'주지스님!'

그리곤 그 광기가 식기도 전에, 광자는 안으로 들어섰다.

한때는 자신과 함께 하루 열 두 시진을 모두 함께 보냈던 이. 고아인 자신을 챙겨주던 주지를 보기 위해서였다.

암자에 들어서고는, 정이라도 떼는 듯 한 번도 얼굴을 비추지 않았지만 그래도 주지는 동자승에게 퍽이나 중요한 존재였다.

봐야만 했다.

헌데 안에는 아무도 없었다.

대체 저 양민들이 무슨 이유로 불을 지른 건지 모를 만큼! 안은 깨끗하기만 했다.

'뭐야!'

뭔가 이상했다.

상황 파악이 안 된다. 그런데 익숙한 목소리가 뒤에서 났다.

"의외로구나. 네가 이리 될 줄이야."

"주지스님?"

칭찬인지 실망인지 알 수 없는 말이었다.

다만 그에게 중요한 건 그것이 익숙한 목소리라는 점이었다. 광자가 다 돼 가는 그에게 그가 아는 자라고 하는 건 퍽 중요한 존재였다.

콰즉—

옆에서 불타서 스러져 가는 기둥들이 그를 향해 덮쳐오는데도 그는 멍하니 주지를 바라봤다.

스승도 떠나도, 태사부도 사형제도 모두 떠난 가운데. 세상에 오직 그 혼자인 상황.

대체 자신을 열심히 수련을 시켜놓고도 왜 버린 건지도 알수 없는 상황.

그 상황에서 주지는 그의 모든 것이었다.

주지가 물었다.

"허 참. 아직도 네게는 내가 주지더냐?"

"네, 네. 맞습니다."

"허 그래? 네가 성공을 할 줄이야……."

뭘 성공했다는 것인지. 역시 알 수가 없다.

"밖의 일은 네 작품이냐?"

끄덕. 끄덕.

미친 듯이 고개를 끄덕였다.

사람을 죽이는 것이 작품이 될 수 있는지는 모르겠지만, 바깥의 일은 분명 그가 해낸 일이었다.

만족스럽다는 듯 바라본다.

"그래. 좋다. 예외 하나 정도는 있어도 좋겠지. 쓸데가 있을 게야. 그럼 가자꾸나."

"예?"

"네 사부가 보고 싶지 않느냐? 아니, 스님이라 부르던 아이도 분명 있지. 허허."

주지스님. 스님. 스승. 그거면 충분했다.

"가, 가겠습니다! 가야죠! 가야 하지 않겠습니까!"

몇 번이고 같은 말을 반복한다.

그들은 자신의 세상 그 자체였다. 그들을 다시 볼 수 있게 되다니.

'그럼 됐어.'

그거면 됐다. 그리 되면 자신을 버렸던 것도 상관없다. 잠시 떠나 있었던 거라고 생각하면 됐다. 그뿐이다.

결국 다시 돌아오지 않았는가.

그거면 됐다.

어린 시절을 보내던 절이 불타오른 건 아쉽지만, 그가 아는 자들만 있으면 뭐든 상관없었다. 어차피 암자도 있지 않은가.

그곳으로 다시 들어가면 스승과 스님이 다시 있을 거다. 그러면 됐다.

그런데.

"주지스님?"

"허허. 왜 그러느냐?"

"왜 태우는 겁니까?"

"필요가 있어서니라."

스승은 암자를 태웠다. 아주 정성스럽게, 그가 광자가 되어 죽인 양민들을 암자에 옮기고서는 단번에 불을 붙였다.

당연히 할 일을 한다는 태도였다.

그 넓던 암자가, 안쪽까지 모두 소각이 될 때까지 차분하게 일을 진행했다.

암자가 전부 타는 데는 꽤 오랜 시간이 걸렸다. 겉으로 드러난 것보다 거대한 암자였으니 오랜 시간 동안 타는 것이 당연한 일일지도 몰랐다.

그러다 문득.

'기?'

암자에서 기의 유동을 느꼈다.

아직 고수라 할 수 없는 동자승이지만, 그런 그도 느낄 만큼 큰 기의 유동이었다.

이유는 역시 알 수 없었다. 무공을 배우기는 했어도 그뿐. 아는 것이 별로 없었다.

어쨌건 그가 오랜 시간을 보내던 그곳은 전부 소각됐다. 남은 게 없었다.

"가자."

"……네에."

서운하냐고? 아니. 주지가 있음 됐다. 다시 사부를 볼 수 있음 됐다. 그게 그의 세상에서는 전부니까.

*　　　*　　　*

동자승에서 광자로. 그러다.

'불쌍하군……'

일행이 보기에는 한없이 불쌍하고 비루한 인생을 살았을 중사가 된 그는 웃음을 지었다.

무슨 의미의 웃음일지는 알 수가 없었다. 오직 본인만 알 만한 그런 웃음이었다.

"킥킥. 그런데 생각 이상으로 많은 걸 시키셨지요?"

"내가 무얼 시켰느냐?"

당기재는 목소리를 가다듬고 물었다. 자신이 무얼 시켰냐고.

자신을 스님으로 알고 있는 중사였으니, 물어야만 했다. 그리고 그 대답은.

"많았지요……. 많았어……."

*　　*　　*

꽤 먼 길을 이동했다.

하지만 주지는 이런 길도 익숙한 건지, 쉼도 주저함도 없이 자리를 옮길 뿐이었다.

그러다 도착했다.

'암자와 비슷해.'

전에 있었던 암자와 비슷한 곳에 도착했다.

차이가 있다면.

'진이다.'

암자가 그냥 모습을 드러낸 것이 아니라, 주지가 몇 가지 손을 쓰고 나서야 모습을 드러냈다는 거다.

이야기로만 듣던 진을 보는 건 꽤 신기했다.

안으로 들어섰다.

그곳에 꿈에 그리던 자들이 있었다.

의외의 자들도 있었다. 자신과 같이 남겨져서, 먼저 떠났던 사형들도 몇몇 보였다.

처음 보는 자들도 있었다. 자신보다 더 나이가 어려 보이는 자들도 보였다.

신기했다.

또한 그리웠던 이를 본 느낌에, 퍽 감격에 젖었을 정도였다.

하지만 환대는 없었다.

인자해 보이기만 하던 태사부는 가면이라도 벗어재낀 듯이, 인자함을 버렸다.

그를 데려온 주지를 향해 소리쳤다.

"왜 데려왔느냐?"

"필요가 있을 듯했습니다."

"허. 필요? 내 눈이 정확치 못했다는 거냐?"

"아닙니다. 하지만 예외란 게 있어도 되지 않겠습니까?"

"예외?"

"예. 쓸 만하게 변했덥니다. 시험 조금 해 보시면 알 겁니다. 가래로 막을 걸 서까래로 막을 필요는 없지 않습니까. 때로 가래 같은 것도 필요하죠."

"흐음…… 여전히 말은 잘하는구나?"

"덕분에 제가 살아남은 거 아니겠습니까."

"가래라…… 가래……."

무슨 말을 하는지는 몰랐다. 자신을 가지고 새로이 품평을 한다는 느낌만이 가득했다.

인자함이란 가면을 벗어던졌던, 태사부는 다시 인자함이라는 가면을 둘러썼다.

그리곤 받아줬다.

"좋다. 다만 쓸모를 보여줘야 할 터이니…… 그쯤은 네가 알아서 할 수 있겠지?"

"물론입니다."

스승의 설득이 먹혀들었다. 다행이었다. 다만 그 뒤는 전과 달랐다.

'다시 수행이다.'

수련만 하면 될 줄을 알았는데 그게 아니었다.

수련을 할 시간은 퍽 줄었다. 대신 온갖 고된 일을 하기 시작했다.

"다녀오거라."

"어떻게……."

"죽이고 오면 될 뿐이다. 안내는 저기 중오가 해줄 게다."

"……네."

사람을 죽이라고 하면 죽였다.

"이번에는 챙겨 오거라."

사람을 챙겨오라고 하면 챙겨왔다. 뻣뻣하게 굳은 시체를 들고 오는 건 꽤나 고된 일이었다. 하지만 내공이 있는 덕분에 어떻게든 해냈다.

무공을 익히지 않은 양민을 죽이고 처리해 오는 건 쉬웠다. 그가 익힌 무공이 헛되지는 않았다.

대신 쉬운 일만 있는 건 아니었다.

"……흐억……."

죽을 뻔한 적도 꽤 많았다.

양민들을 죽이는 것은 쉬웠지만, 무공을 익힌 자는 상대하기가 힘들었다.

수없이 대련을 벌인 기억이 없었더라면, 조금이라도 무재가 부족했더라면 죽은 쪽은 이쪽이 될 만한 광자들을 상대해 왔다.

그런 그들의 시체는 꼭 챙겨 와야만 했다.

'대체 시체를 어쩌려고…….'

어디에 사용할지 처음엔 몰랐다. 허나 후에 알게 됐다.

"썩 좋은 재료구나."

그들은 혈원의 재료가 됐다. 그도 아니면.

"키이이익!"

강시가 되었다.

만드는 방법? 알 수 있을 리가 없었다. 다른 사형 중 하나가 했을 뿐이다. 아니면 사형도 아닌 누군지 모를 자가 만들었다.

다만 그는 그 재료들만 가져다주었을 뿐이다. 그뿐이다.

그래도 좋았다. 혼자가 되는 것보다는, 시켜 주는 일이라도 있는 게 좋았다.

"대체 너는 무슨 생각을 하느냐?"

사형 중에 항상 불만이 많은 사형. 이충진이라고 불러달라던 사형이란 자는 그런 자신을 보고 이해를 못 했지만, 상관없었다.

그렇게 온갖 굳은 일을 맡고 행해 왔다.

어디에 무언가를 풀라면 풀었고, 강시를 데리고 어딜 다녀오라면 다녀왔다. 호위라는 것도 맡았다. 참 많은 일을 했다.

그렇게 나이를 먹었다.

어째 무공을 익혔는데도 나이보다 늙어 보이기 시작했지

만 그도 상관없었다. 외모 같은 건 자신이 상관할 일은 아니었다.

그러다 임무를 맡았다.

"또 처리를 해야겠구나."

"맡겨만 주시지요."

다시 보게 되고부터는 사부보다도 자주 마주하게 되는 주지스님은 그때 퍽이나 진지했다.

하던 일이 풀리지 않는 건지, 평소보다도 더 인상을 찌푸리고 다녔다.

동자승에서, 광자, 이제는 중사라고 불리는 그로서는 괜히 긴장이 될 만큼 심각해 보였다.

"어려운 일이 될 수도 있다. 이번엔 조용히 처리해야 한다."

"예……."

"혹시나 들키게 되면 알지?"

"……예."

죽으라는 소리였다. 아무런 말도 하지 말고. 고문을 당해도 버텨내고. 심법을 역으로 돌려서 죽으라 말했다.

第十五章
누군가의 마지막

"헌데 죽을 방법도 없었지요. 흐흐. 이렇게 잡힐 줄을 누가 알았겠습니까?"

그 뒤로도 중사는 꽤 많은 걸 말했다.

주지가 진지하게 말했던 그 임무.

그게 이곳에서 첩자들이었던 자들을 처리하는 임무였다. 동창의 무사들 둘을 죽이는 거였다.

하지만 실패였다.

실패를 해서 운현에게 잡혔고 그 주지가 말하는 대로 자살도 하지 못했다.

역으로 내공을 돌릴 틈도 없었다.

다른 이도 아니고 천하의 운현 앞에서 기를 이용해서 허튼 수작을 할 수 있는 틈이 생긴다는 것 자체가 어불성설이었다.

　그리고 자백제를 먹었지 않는가. 이야기는 술술 나왔다. 생각보다 이야기가 길어서 정신이 아득해질 정도였다.

　그래도 그걸 제갈소화는 한쪽에서 잘 받아 적고 있었다.

　일행들 모두 열심히 머리를 굴려가면서, 이야기를 듣고 기억하고 있었다.

　충격을 받기도 했다. 특히 중사가 생각보다 어리다는 사실은 꽤 충격적이기도 했다.

　어쩐지.

　'불쌍한 존재.'

　들으면 들을수록 불쌍한 존재지만, 계속해서 재촉했다. 모든 것을 듣기 위해서. 최대한 많은 정보를 얻어 보기 위해서였다.

　의외로 자백제를 통해서 얻는 정보들이 많았다.

　'대단한 정신력이다.'

　중사는 분명 비틀린 존재였다.

　주지, 승려, 태사부 같은 존재들이 그의 전부였다.

　그들 외에는 살아 있는 사람도 죽은 허수아비인 양 보고 있었다. 의미가 없다 생각하고 있었다.

그로도 모자라, 어쩐지 사람을 죽이는 것을 당연시 여긴다.

좋아서 죽이는 것도 아니었다. 사파인 중에는 살인을 즐기는 자도 있다는데 중사는 그런 쪽은 분명히 아니었다.

그저 자신의 모든 것인 존재들을 위해서 움직이는 도구. 그 이상은 되지 못했다.

실제로도 그들에게는 도구일 뿐이었다.

그러면서도 대단했다.

지금만 보더라도 자백제를 먹고 나서야 나오는 정보들이 있지 않은가.

감각을 수십 배 강화시키고, 그 감각들을 자극해서 온몸을 고통스럽게 만들었음에도 숨기는 정보가 있었다.

대단하지 않은가?

평범한 사람은 단 한 번만 겪어도 충격에 모든 것을 술술 불어낼 것이 분명한데도, 중사는 그걸 몇날 며칠을 버텨냈다.

거기다 그러면서도 정보를 숨겨냈다.

막상 중요한 것들을 말하지 않은 것도 있었다.

그 스님이라는 존재들과 태사부 같은 것들. 암자와 같은 이야기가 나올 줄은 몰랐다. 특히.

'……소림에 연관된 자가 있을 수도 있다.'

충격적인 건 역시 소림에 관련된 것이다.

그러고 퍽이나 오래 이곳 하남에 저들 조직이 똬리를 틀고 있으면서, 암약을 했다는 것도 신기했다.

어찌 무림의 눈을 피해 왔는지 이해가 안 갈 정도였다. 어떤 특수한 비법이라도 있는 것이 분명했다.

어쨌건 그 정보를 더 캐내기 위해서 당기재는 다시금 입을 열었다.

"어딘지 말해 보거라."

"스님은 다 알지 않습니까? 아니 저보다 많이 알지요!"

"그래도 해 보거라. 확인을 해야 할 것이 있으니……."

"네에. 네에. 그래야지요."

중사는 스님으로 보이는 당기재에게 위치에 관한 정보들을 풀기 시작했다.

이미 고문을 하면서도 알아냈던 것이 있지만, 거기에 몇몇 곳들이 더 추가되기 시작했다.

"흐음…… 방향이……."

그것들을 지도에 표시해 나갔다.

동창의 협조 덕분에 누구보다 세밀한 지도를 가지고 있지 않은가. 그곳에 하나, 하나 표시를 해나가면 나갈수록 의문이 더 짙어져 가긴 했다.

'가까워지고 있다…….'

생각 이상으로 그곳과 가까워져 가고 있어서 그럴지도 몰랐다.

그렇게 계속해서 표시를 해 나가던 도중.

"노옴들!"

자백제가 풀려버렸다. 중사가 일변했다.

"네, 네놈들이……."

자신의 모든 치부가 알려져서일까. 숨기고 싶은 모든 것들이 알려져설까. 알 수가 없다. 애초부터 중사는 비틀려 있었으니까.

또한 생각이 더 이어지기 전에.

"헛……."

놀랄 만한 일이 일어났다.

"이런……."

비틀렸던 중사. 그에게 있어 모든 것을 잃었으며, 운현에게 잡혀서 모든 것을 말해버린 그가.

"쿨럭……."

선택한 것은 자살. 생의 욕심도 없이 주지가 명령한 대로 자살을 택했다.

순식간에!

용케도 깨어나자마자 제압이 조금 풀려 있음을 알고, 기를 역류시켜 버린 그가 자살을 하는 데에 성공했다.

"이런!"

기혈이 순식간에 터졌다.

안 그래도 감각들이 강화되어 있는 덕분에 조금의 기를 역류시키는 것만으로도 큰 충격이 됐다.

그대로 목숨을 잃었다.

"……."

중사는 그렇게 눈을 뜬 채로. 입으로는 피를 흘리는 채로 그대로 죽어버렸다.

*   *   *

그건 사고였다.

중사가 생각 이상으로 자백제의 약효를 쉽게 떨쳐낸 것. 고문을 위해서 운현이 감각을 강화시켜 놨던 것.

중사의 길고 긴 이야기를 듣느라, 제압이 아주 조금 풀린 것을 알아내지 못한 그런 사고였다.

전에는 한 시진마다 제압한 마혈을 검사하고, 또 검사해 왔는데 이번엔 이야기가 너무 길었다.

시간마다 확인을 했어야 했는데, 너무도 충격적인 사실을 듣다 보니 그조차도 잊었다.

여러 가지가 복합적으로 작용해 일어난 사고였다. 그런데.

"미안하오……."

"아닙니다. 제 실수지요."

당기재는 고개를 숙였다.

이미 많은 것을 얻었지만, 더 많은 정보를 얻을 수 있었을 거라 여긴 건지 몰라도, 그는 꽤나 미안해했다.

"자백제를 강화시켰는데…… 그게 그리 빨리 풀릴 줄은."

"갑작스러운 일이었습니다."

"하…… 이거 참. 당당하게 꺼내든 건데 어이가 없습니다."

"괜찮습니다. 그래도 많이 얻었지 않습니까? 생각 이상으로요."

"그래도…… 후우…… 아닙니다."

또한 많이 아쉬워했다.

아직 모든 걸 알아내지 못한 가운데, 중사가 자살해 버린 것이 꽤 큰 충격인 듯했다.

생각 이상으로 많은 실마리를 얻은 상황인데도 그러했다.

들어보면 당기재의 말이 맞기는 했다.

"……뭔가 더 얻을 수 있을 거 같은 느낌이었는데 말이오."

"괜찮습니다."

"이를테면 무공요결이라든가. 그런 것들도 있지 않소. 혈원인가 뭔가에 대해서도 좀 더 물어야 했고……."

"추격에는 그래도 문제가 없을 겁니다."

중사가 익힌 무공의 구결을 알아내면 얻는 게 많을지 몰랐다.

확실히 그의 무공은 괴이했지만 강했다. 생각보다 어린 나이인데도 중사를 꽤 강한 경지로 이끌어 줄 정도의 무공이었다.

과히 절세의 무공 중에 하나라고 해도 부족함이 없을 정도였다.

'……생명을 깎는 무공이긴 하지.'

하지만 운현으로서는 괜찮다 말할 뿐이었다.

내심 짐작하는 바가 있어서기도 했다.

다른 이들은 몰라도 그는 중사를 가장 가까이서 상대했기에 어느 정도 예상을 할 수 있었다. 그 특유의 강한 기감이 작용한 덕분도 있었다.

그 무공은 생명을 깎는 무공이었다. 자신의 생명. 진원진 기를 깎아서 성장을 하는 무공이었다.

성장은 빠를지 몰라도, 언제 목숨을 잃어도 이상하지 않을 그런 무공이었다.

강해지는 것의 대가가 목숨이라니. 그런 무공은 운현이 보기에 위력은 좋을지언정 하류의 무공이었다.

그런 무공은 차라리.

'알려지지 않는 게 낫다.'

구결 같은 건 묻히는 게 나을지도 몰랐다. 알아봐야 좋은 곳에 쓰일 것이 못 됐다.

그렇기에 운현으로서는 그런 부분이 아깝지 않았다.

다른 일행의 경우는 천상 무인이어서인지, 아까워하는 기색이 보이긴 했다. 그래도 그것까진 운현으로서도 어쩔 수가 없었다.

"자자. 마지막으로 정리를 한 번 더 하지요."

그저 그들을 다독일 뿐이었다. 다른 도리는 없었다.

"자자. 모두 정신 차리시고요."

"으음……."

안 그래도 중사의 일을 듣고 퍽이나 충격을 받았던 건지, 꽤 오래 정신을 수습하지 못하는 일행이었다.

"그러죠. 어디 한번 해 봅시다."

"흐음. 그래. 해야지."

그래도 한참을 달랬다.

운현의 말을 들은 일행이 그제서야 정신을 차리고 분주히 움직이기 시작한다.

＊　　　＊　　　＊

정리라고 해서 대단할 것은 없었다. 운현도 저들의 정신을
수습하기 위해서 다독였을 뿐이었다.

제갈소화가 기록한 것을 다시 간결하게 정리하는 것으로
금방 마무리가 되었다.

"휴우……."

"끝이로군요."

이미 중사가 죽었지 않나.

더 정보를 구할 곳도 없었다. 적어도 정보를 구하는 일 자
체는 끝이 났다.

정리도 끝났다.

일행은 이런 일을 하는 데 있어서 능력이 차고 넘쳤다.

사실 제갈소화 홀로 해낼 만큼의 일이었다. 그런 일을 일
행이 전부 매달렸으니 금세 끝나지 않으면 그게 이상했다.

그리고 그 정보를.

"다녀오죠."

운현이 들고 움직였다.

*   *   *

"크아아악!"

중사의 일이 끝나서, 운현의 쪽은 조용해졌다. 하지만 이쪽은 여전히 진행형이었다.

이미 모든 정보를 얻어낸 거 같은데도.

"없다고!"

"크아아악!"

첩자 둘을 잡고 있는 동창은, 지독하리만치 같은 일을 반복했다. 고문이었다.

무공을 익혀 일반인보다 훨씬 예민한 운현의 귀에 고통스러운 비명이 그득 차오를 정도였다.

꽤 잔혹하게 일을 진행하고 있었다.

'더 얻을 게 있나. 없을 텐데.'

이미 많은 걸 얻은 상태. 첩자들로서도 더 알 수 있는 게 없을 상태이다.

그런데도 계속해서 고문이라니.

정보를 얻으려고 하는 것이 아니라 화풀이로 계속해서 고문을 진행하고 있을지도 모른다는 생각이 들 정도였다.

하지만 운현도 말릴 생각은 없었다. 아니 말릴 수도 없었다. 이건 저들의 일이지 운현이 끼어들 일은 아니었다.

대신 운현은 끊임없이 발걸음을 내디뎠을 뿐이었다.

그리고 고통 어린 비명의 진원지. 그곳에 있는 송상후를 찾았다.

"정리가 됐습니다."

"벌써 말입니까? 예상외로 빠르군요."

송상후는 눈 하나 꿈쩍 않고 두 첩자를 바라보고 있었다. 운현이 오지 않았더라면, 그 시야가 그들에게서 떨어지지 않았을 정도였다.

허나 운현이 왔으니, 그도 움직이지 않고는 달리 도리가 없었다.

"안으로 들어가서 이야기를 하지요."

"좋습니다."

장소를 바로 옮겼다.

여전히 얕은 비명이 들리긴 했다. 옮겼다고 하더라도 송상후의 집무실과 고문이 이뤄진 곳의 장소가 그리 멀지 않아서였다.

운현의 무공이라도 얕았더라면 모르겠지만, 이미 오른 경지를 억지로 내릴 수도 없으니 어쩔 수 없는 일이었다.

그래도 아까보다는 훨씬 나았다.

"보시지요."

운현은 품에서 정리한 것을 꺼냈다.

*　　*　　*

송상후는 그걸 받아들었다.

'빠르군.'

운현의 예상 이상으로 빠르게 서류를 훑어보기 시작했다. 훅훅 서류를 보는 것이 그저 넘기기만 하는 게 아닌가 생각이 들 정도였다.

하지만 진지한 눈빛을 보아하니 그런 건 결코 아니었다.

꽤 두툼한 것을 들고 왔는데, 송상후는 금방 봤다.

"……흐음."

그리곤 자신이 본 것들에 대해서 충격이 아직 가시지 않은 건지, 그도 아니면 정보를 머릿속에 박아 넣는 건지는 몰라도 꽤 오래 말이 없었다.

"……."

운현은 그걸 아무런 말도 않고 기다려 줬다.

조금의 시간도 없이 의견을 묻기에는 운현이 품에서 꺼낸 것들에 담긴 정보가 깊으며 또한 많다는 것을 알고 있기 때문이었다. 거기다 워낙 무거운 걸 담은 정보기도 했다.

역시 먼저 입을 여는 쪽은 송상후였다.

"허어…… 이건 생각 이상이지 않습니까?"

"그렇지요."

"잘못하면 일이 너무 커질 수도 있습니다. 소림이라니…… 그들 모두가 관련이 있을 리는 없지만……."

"황궁에서 알면 전체가 다 뒤집어질지도 모를 일이지요."

"……그게 문제입니다."

빈대를 잡으려다 초가삼간을 잡는다는 말이 있다.

작은 일로 큰일을 그르치는 경우를 말하는 그런 일을 황궁은 잘도 저지른다.

소림사에 첩자가 있다고, 소림을 다 뒤집어엎을지도 모르는 일이었다.

소림의 영향력을 생각하면 꼭 그렇게 하지 못할 수도 있지만, 그래도 혹시나라는 게 있는 법이었다.

안 그래도 중원 전체가 복잡한 상황. 그런 상황에서 소림 같은 이들을 희생양으로 삼을 수도 있는 일이었다.

꼭 소림이 아니어도 좋았다.

이곳저곳 암자가 있다 했으니, 그런 암자들을 뒤지자고 나설지도 몰랐다.

안 그래도 독이 오를 대로 오른 동창이라면, 평소 이상으로 더 날뛸지도 몰랐다.

하지만 그래서는 안 됐다.

"……제대로 알아내지 못하면 쓸데없는 희생이 나올 겁니다."

"그게 문제지요."

죄 없는 죄인이 나올 수 있다. 억울한 누명을 쓸 수도 있다. 받지 않을 피해를 받을 자가 나올 수도 있었다.

독기가 잔뜩 오른 동창, 황궁은 그런 일을 분명히 벌일 수도 있었다.

설사 황궁이 하지 말라 해도, 동창이 과한 충성을 보이기 위해서 그럴 수도 있었다. 첩자의 사건을 만회하기 위해서라도 과하게 행동을 할 수도 있었다.

그러다 보면 정말 많은 희생이 나올지 몰랐다.

그걸 운현도 송상후도 염려를 했다.

'그런 일은 되레 암중 조직이 원하는 일일지도 몰랐지.'

최종 목표는 뭔지 모르더라도, 중원의 혼란을 원하는 듯 보이는 암중 조직이다.

몇 개로 나뉜 듯하나, 그들이 원하는 건 전부 그런 식이었다. 중원의 혼란을 원했다.

그런 상황에서, 동창이 과하게 움직인다?

그들이 원하는 대로 움직이는 걸 수도 있었다.

안 그래도 혼란스러운 중원에 혼란만 더할 수 있었다. 첩자를 다 잡아내지도 못한 상황이니 그럴 확률은 너무 높았다.

그래서는 안 됐다. 이미 여기까지도 너무 많은 혼란이 있었다.

결국 송상후와 상의를 했지만, 방법은 이미 상의를 하기 전부터 정해져 있었을지도 몰랐다.

"……이 정보들을 가지고 제가 따로 움직여 보겠습니다. 그때까지 유예를 줄 수 있겠습니까?"

"위로 정보를 올리는 것을 말씀하시는 거지요?"

"그렇습니다."

"휴우……."

운현이 움직여야 했다. 또한 송상후가 협조를 해줘야 했다.

이미 많은 것을 보고하고 움직였던 송상후다.

지금까지 잘해줬다. 하지만 지금은 잘 움직여 주기보다는 잘 숨겨줘야 했다.

쓸데없는 희생이 나오지 않게 하기 위해서 운현이 움직이는 동안, 그가 입을 꽉 다물어줘야 했다.

'어려운 일일 거다.'

쉬운 일은 절대 아니었다.

그를 채근하는 자들이 많아질 거다. 운현으로부터 들은 게 뭐냐고 묻는 자가 많아질 거다.

그럼에도 그래야만 했다. 희생을 막기 위해서라도.

"……어쩔 수 없지요."

"잘 생각하셨습니다. 시간을 좀 벌어주시면 됩니다. 동창의 일도 마무리를 해야겠지만, 이번 정보로 얻은 것들을 제대로 확인해야 하니까요."

"그렇지요. 압니다."

다행히도 송상후는 큰 결단을 내려줬다.

"다만……."

그리곤 생각 외의 조건 하나를 달았다.

〈다음 권에 계속〉

DREAMBOOKS★

DREAMBOOKS

DREAMBOOKS★

DREAMBOOKS★